サファイアは灼熱に濡れて

雪代鞠絵

幻冬舎ルチル文庫

CONTENTS ✦目次✦

サファイアは灼熱に濡れて

✦カバーデザイン＝吉野知栄(CoCo.Design)
✦ブックデザイン＝まるか工房

イラスト・サマミヤアカザ ✦

サファイアは灼熱に濡れて

大型客船「シェヘラザードⅡ世号」が東京湾に寄港したのは八月、晴天の昼下がりのことだった。

「シェヘラザードⅡ世号」。「海上の白い女王」と呼ばれる豪華客船は母国トラハルディア王国を一ヵ月半前に出航した。流麗な美しいラインを描く船体は陽光の下、白く眩《まぶ》しく優雅で、まさに女王の名に相応《ふさわ》しいが、その運行能力は甚だしく高い。

本来は軍用巡航船に搭載される最新式のダブルディーゼルエンジンが31・6ノットの高速巡航を可能とし、三週間というハイペースで地球を半周させた。総重量３２２８トン、全長２０３メートル、全幅34メートル。船に居するのは、多くが海洋乗組員２３０名、そしてトラハルディア王国王宮衛兵隊の精鋭が１２４名。

13階層のデッキの４層から10層までにそれぞれ機能的で居住性の高い客室が設《しつら》えられている。しかし、航海中、上層階にあたる豪華な客室には客、と呼べる乗客の姿はない。最も見晴らしのよい第10階層にある二つのアクアリン・ロイヤルスイートルームだけが利用されているのだ。

アラビアの大国、トラハルディア王国の第一王子、イル＝セフィルト・サキア・トラハルディア。そして第二王子、イル＝アズィール・ユシュト・トラハルディア。

トラハルディア王国の王位継承権を持つ二人の王子は、王命を受け、世界各国を巡って探しているのだ。彼らの花嫁である『青い宝石』を。

「何だ、アズィール、まだそんな格好でいるのか」

部屋に入ってくるなり、三つ年長の友人は呆《あき》れた声を上げた。海原に面する大窓の傍《そば》に置かれた長椅子《ながいす》に寝そべり、アズィールは調理室から失敬した林檎《りんご》に歯を立てる。

広々とした室内の左右はガラス張りになっており、足元には濃紺を基調に、白と緋色《ひいろ》で彩色されたペルシア織の絨毯《じゅうたん》が敷かれている。中央にあるテーブルには船旅にも拘《かかわ》らず違う花が毎日美しく生けられ、茶会を開く折に使われる真っ白なグランドピアノの周辺には二つのソファセットが配置されている。その他の調度や装飾品も選び抜かれた最高級品ばかりで、これ以上なく贅《ぜい》を凝らしたスイートルームだ。

アズィールが使うこのスイートルームに、ノックなしの入室を許しているのはこの船上で二人だけだ。一人が子供の頃からの親友であるこのメルリアム・ジョサイア・ハリード。彼はトラハルディア王国貴族の父親と、英国人である母親の血を引いている。

西洋の血が濃く現れており、肩辺りまで伸ばした髪は金色、瞳は翡翠《ひすい》色だ。華やかな美貌《びぼう》、背筋の伸びた長身、礼儀にかなった言動は彼を常に貴公子然として見せているが、メルリアムは柔和な雰囲気とは裏腹に、如才ない強《したた》かさを持っている。見る者をうっとりとさせる笑顔はまやかしで、腹の奥では何を考えているか決して読み取らせない。砂漠の国では明らかに異邦人である彼なりの処世術なのだろう。

アズィールはそんな腹黒い友人――腹黒いというと怒るのだが本当のことだから仕方あるまい――と五歳のときに出会った。王宮内で同じ家庭教師たちからあらゆる学問や語学、武術を習い、気付けばもう十三年来の仲だ。現在、アズィールのお目付け役も担っているメルリアムは深々と溜息《ためいき》をつく。

「そろそろパーティー開始の時間だ。もう招待客のほとんどは乗船しているぞ。招待客は皆、お前の登場を今か今かと待っているはずだ。イル＝アズィール・ユシュト・トラハルディア――大国トラハルディアの第二王子殿下」

トラハルディアの白い正装を身につけたメルリアムは、長椅子に寝そべるアズィールに恭《うやうや》しく語りかける。

アズィールの美貌は水際立ったものだ。砂漠の国の男子らしく、黒い髪に黒い瞳《ひとみ》。十八歳という、成長期を脱する直前の均整の取れた長身は、若くしなやかな獣のようだ。秀でた額《ひたい》に、皮肉さえ似合う形のよい唇、健康的に陽《ひ》に焼けた肌。目元は涼やかで、瞳に宿る煌《きらめ》きは力強く理知的だ。

清廉潔白な白の王子と言われる兄に対抗する意図はないが、アズィールは主に黒い衣装を好む。その色が、自分の容姿を最も引き立てると分かっているからだ。奔放で気紛れ、毒舌で旧弊を嫌う。そんな性分と、曖昧《あいまい》を許さない黒という絶対的な色は相性がいいのだろう。

トラハルディアにいる頃も、公務が空いた時間は、ご機嫌伺いの間抜けな貴族たちとの社交より、簡素な長衣《トウブ》を着て薄い覆面で口元を覆《おお》い、馬を駆って、バザールや娼館《しょうかん》で遊ぶ方が好きだった。身分など気にも留めず、やんちゃで気さくで、下町の人々と交わろうとするアズィールは国民から絶大な人気を博している。

しかし、今アズィールが着ている長衣の素材は黒絹で、立て襟から施された銀糸の装飾は植物の蔓《つる》を思わせるような精密さで足元まで続いている。袖《そで》は長く、その縁にはローブと揃《そろ》いの刺繍《ししゅう》が宝石を交えてぎっちりと施されている。

さらに、トラハルディアの王族は年齢や地位に合わせて様々な宝石をつけることが決まりになっている。十八歳のアズィールは両耳にピアスと右手中指にサファイアが嵌《は》まった指輪をつけているだけだ。もともと、ごちゃごちゃとややこしい衣服を着るのは好まない。

「派手なパーティーは嫌いじゃないだろう、何を不貞腐《ふてくさ》れている？　さっさと衣装を整えろ。お前がいないものだから、セフィルト殿下が一人で接客にあたって忙しくされている。早く応援に行かなければ」

「俺の応援などなくとも、兄上は接客くらいそつなくこなされるだろう。寧《むし》ろ俺が行けば兄上のご不興を買いそうなものだ」

齧《かじ》りかけの林檎を奪われ、ローテーブルの上に放置されていた黒い頭衣《クーフィーヤ》を投げ渡される。

メルリアムは年長者としての思慮深い態度を崩《くず》さない。

「さっきボウル・ルームや甲板を覗《のぞ》いてきたが、日本の女性というのもなかなかよさそうだぞ。今日もキモノという伝統衣装を着ている者が多くて、雰囲気も花みたいにたおやかだ。何でもヤマトナデシコとか言うらしい。派手な美女好みのお前も、宗旨替えするといい」

「花は綺麗《きれい》で素晴らしいし、愛《め》でたい気持ちもあるが、話していて面白い相手じゃない」

「よく言う。お前が花を愛でてるところなんて見たこともない」

アズィールは、メルリアムの言葉は聞こえない素振りで大窓に目を向ける。ガラスの向こうでは、太陽神が水平線の向こうに半分姿を隠し、放射線状に強烈な西日を放っている。陽が完全に沈めば、今夜のパーティーの始まりだ。

寄港する国の習慣によっては、西洋式にスワロウ・テイルで客を迎えることもあるが、基本的にこの船上でのパーティではトラハルディアの伝統的な正装を纏《まと》う。立て襟の長衣に色を合わせたローブ《ミシュラフ》を羽織り、さらに頭髪を隠す頭衣を被《かぶ》る。

国王自慢の豪華客船「シェヘラザードⅡ世号」は、各国の主要港に着岸する度《たび》に、その国の著名人を招き、船上パーティーを開いているのだ。

表向きの目的はトラハルディアと世界各国の友好的交流を促すため。

大使として二人の王子が乗船し、客たちには最上級のもてなしが振る舞われる。近来稀《まれ》な豪壮な話題だ。華々しい豪華客船、そして王子たちの容姿の美麗さに、全世界のマスメディアも大騒ぎしている。

しかし、この航海の本来の目的は、極秘とされている。

友好的交流の促進が目的とふれながら、船上に招かれるのは政財界の重要人物ではない。

多くが十代半ばから二十代半ばの女性――それも古くからの名のある家柄の娘ばかりだ。

兄とアズィールが探す『モノ』は、古《いにしえ》から伝えられ、長い時間秘密裏に、大切に保管されているはずだ。

だが実のところ、パーティーなどアズィールにはもうどうでもいいのだ。パーティーの企画をした兄の顔を立てて毎回にこやかに参加をしてはいるが――

「『青い宝石』は声を掛ければこちらに足を運んでくれるような、それほど親切なモノではないだろう」

そう呟《つぶや》いて、アズィールはようやく、寝椅子から体を起こす。

西日があともう僅《わず》かで水平線の向こうに消える。ボウル・ルームは招待客たちですっかり溢《あふ》れかえっているだろう。

アペリティフには日向《ひなた》色のシャンパン。厨房ではフランスから呼び寄せたシェフが腕を振るい、アミューズには航海中に手に入れた珍味を上手《うま》くアレンジしている。魚料理に肉料理、それに合う飲み物。日本人女性はスウィーツに目がないと聞いているので、何十種類もの甘味をワゴンで運ばせる予定だ。

着飾った若い乙女たちはパーティーを楽しむふりで、二人の王子が現れるのを今か今かと待っているだろう。彼女たちとの交流が、決して嫌な訳ではない。

「俺は美味美食はもちろん、美酒も美女も好きだ」

それを聞いて、メルリアムが肩を竦《すく》めた。

「今更そんなに堂々と言われなくても、お前の派手好き、女好きは知ってるつもりだ」

「派手な女が好きな訳じゃない。美しいものに相間見えるのはいつでも楽しい。だが――」

何となく、心が逸《はや》らない。

アズィールは美しく艶《つや》やかで、大人の女が好きだ。ゴージャスで大胆で、恋の手管《てくだ》に慣れている相手がいい。肌を合わせる相手が貧相だとつまらない。楽しくなければ恋愛ではないと思うからだ。アズィールの偏歴を知っているメルリアムなどは、

「それは恋じゃない。俺が知っている殿下の恋は、まだ恋とは言えないな」

などと年長者ぶって言うが、では本当の恋とは何なのかと問い詰めればただ笑って答えようとしない。それは話して伝えられるものではないと親友は言う。

「本当の恋愛」を求めて同性と楽しんだこともある。それはそれで楽しかったとも思うが結局は異性が相手でも同じことで、それほど刺激を感じなかった。

「トラハルディアを出て一ヵ月半、どこぞの国に停泊する度にこの堅苦しいパーティーが開かれている。『青い宝石』の手がかりはまるでない。いくら派手好き・女好きの俺とて三日

に一度も百人単位で女の相手をするのはさすがに疲れる」

「何を情けない。王宮で名うての遊び人が。一晩で百人の女性とベッドを共にせよと言っているわけでもなし」

「……お前は、綺麗な顔をしていきなりどきつい冗談を言う癖を治せ」

美しい顔をした友人は、時折その形のいい唇から破廉恥《はれんち》な言葉をすらりと吐き出す。おまけに能弁で、悔しいことにアズィールの短気が災いして皮肉の応酬で完全勝利を収めたことは少なかった。

「とにかく俺は飽きたんだ。船の上でのこの生活がまだ半月以上続くのだと思うとぞっとする。結局、どんなに癖のある国でも、令嬢というのはガラスの温室で大事に育てられている花なんだろう。花と話して何が面白い。このままだと俺はもうじき退屈で死ぬぞ」

「それは困るな、アズィール」

ノックもなく扉が開かれる。

堂々たる手ぶりで背後の衛兵を下がらせたのは、トラハルディア王国第一王子、アズィールの兄にあたるセフィルトだ。

「清廉潔白な白の王子」と言われるだけあって、ミシュラフなどはすべて白、装飾には金糸が使われている。両の手に合わせて三つの指輪、両耳にはトパーズのピアスをつけている。

二つ年上、今年二十歳になる兄。王子という言葉にこれ以上相応しい優美な美貌もあるまいが、アズィールとはあまり似ていない。顔立ち云々《うんぬん》より、孕《はら》む雰囲気があまりにも違いすぎる。

信心深く勤勉で保守的、潔癖で公務以外で王宮から出ることを厭《いと》う兄と、無意味な伝統を嫌い、護衛を振り切っては気ままに城下を散策する弟。

兄とは、常に引き比べられて育った。

半分だけ血の繋《つな》がった、兄。

「これは……セフィルト殿下」

メルリアムが席を立ち、ローブの腕を合わせて恭しく頭を下げる。

トラハルディアでの目上の者に対する礼だ。緑の瞳に、起立と敬礼を促されたが、アズィールはさり気なく無視する。兄は鷹揚《おうよう》にメルリアムを制し、アズィールに目を向けた。

「退屈嫌いのお前が最初からこの航海に気乗りでなかったのは私も承知している。しかし花嫁探しは言わば国王陛下からの勅令だ。クルーズはもう半分が過ぎた。『青い宝石』を見つけることも出来ないまま、むざむざ母国に帰るわけにはいかない。破天荒で知られるお前であれど、西の魔女の予言がどれほど重視されているか知っているだろう」

「…………」

「弟の我儘《わがまま》につき合わせて悪かった、ジョサイア。アズィール、接待に気乗りしない日もあるだろうし、私たちの前で不躾《ぶしつけ》なのは構わないが、客人を待たせるような粗相はよくない」

貴き人に相応しい、優雅で穏やかな話し声。だが、兄がアズィールを見下していることは、イヤと言うほど知っている。

アズィールは長椅子の上から挑発的に兄を見上げる。

「まだパーティー開始の花火は、打ち上げられていないでしょう」

「パーティーの開始までの間、客人たちと雑談なり船の案内なりをするのもてなしだ。招待をしたのはこちらなのだから、客人たちを一時でも退屈させるのはマナー違反だ」

非の打ち所のない正論だった。アズィールは黙って肩を竦めた。

「了解したならば、さっさと衣装を整えることだ。今日の招待客にこそ、『青い宝石』である娘が現れるかもしれない。私に先を越されても構わないのか？」

――セフィルトは、花嫁は『青い宝石』を持つ上流階級の娘だと思っている。ここに、兄の傲慢《ごうまん》と誤謬《ごびゅう》がある。

長椅子に寝そべったまま頬杖《ほおづえ》をつき、アズィールは皮肉な口調で問い掛けた。

「兄上は、こんな方法でいずれ『青い宝石』が見つかると本気でお考えか？」

「こんな方法、とは聞き捨てならないな。老巫女《みこ》が『青い宝石』の居場所までお告げにはならなかったのは、トラハルディアを出国した後は自分のあらゆるコネクションを使い、自力で花嫁を見つけよとの力試しを示唆《しさ》されているからだろう」

兄やその参謀たちは、招待客である令嬢を選別するにあたって、トラハルディアの次期王太子妃に相応しい出自と、『青い宝石』と呼ばれる何某《なにがし》かと縁がないか、そんなことばかり慎重に調べ上げていた。しかし古い名家であるほど家宝は厳重に守られ、トラハルディアの調査機関を使っても正確な情報を得られない場合がある。

「だからこそ私は招待した令嬢たちと談笑し、トラハルディアからでは探り切れなかった彼女らのプロフィールを手に入れる。サファイア、トパーズ、ラピスラズリ。何でもいい。私の花嫁は世界中が恐れおののくような『青い宝石』を持っているはずだ。地道で途方もなく手のかかる作業だが、これしきのことで音《ね》を上げて大国トラハルディアを治めることなど出来るはずがない」

そうして、今日着岸した日本は、秘宝を伝える因習を持つ古くからの名家が多いことで有名なのだ。東洋の宝石とも言われる日本。

何かが起こるなら、今夜なのかもしれない。

「……確かに。兄上の仰《おっしゃ》るとおりかもしれない」

これ以上の言い争いは面倒だ。老巫女の神託の真意を、兄と分かち合うつもりもない。素直な口調で、一応兄の意見に賛同しておく。

「衣装を整えたらすぐにホールへ参ります。兄上に先駆けられるのは、弟の立場としても少少忸怩《じくじ》たるものがあります」

「弟だからと私に遠慮をする必要はない。私は常に正々堂々と、お前と対峙《たいじ》したいと思っている」

微笑するセフィルトと目が合った。途端に、火花が散った気がした。

表面上穏やかでいても、兄弟のどちらにも、互いに譲り合う気はないのだ。『青い宝石』を手に入れる——トラハルディアの次期王位継承者となる資格を。

「パーティー開始まであと五分。急げよ、アズィール」

そう言い残して、セフィルトはアズィールの居室を去った。メルリアムが溜息をつく。

「王子といえば、あれ以上王子の名に相応しい方もいるまいな。俺やお前ですらあの方の腹芸には太刀打《たちう》ち出来ないかもしれないぞ」

「俺の兄だ。計算高いのは当然だろう」

公にはされていないが、兄弟は徹底して仲が悪かった。

兄は王とその正妃との間に生まれた第一王子だ。兄は完全な王宮育ちで、仕来りや礼儀作法にも厳格だ。しかし生まれてから常に大人に傅《かしず》かれて育ったせいか、恐ろしくプライドが高い。もしも弟のアズィールに王位を奪われることになったら、何よりの屈辱だろう。セフィルトが優しい微笑の下で、アズィールの血統を軽視していることをアズィールは知っている。

アズィールの母親は父の側室だった。つまりアズィールは現在、第二王位継承者という立場にあるが、兄よりはるかに地位は低い。

それにも拘らず、国民からの支持は絶大だ。悪戯《いたずら》好きでやんちゃを好むが、王宮の伝統などまるで無視で、被災地や貧しい区域にも護衛もつけずに単身飛び込んで行く。その姿に、国民は太陽神を仰ぎ見るのと同じ眼差《まなざ》しを向け、平伏《ひれふ》す。

使い古された言葉で言うならば、アズィールはカリスマ性を持っているのだ。父王がアズィールを蔑《ないがし》ろにしないのは、このカリスマ性を重視しているからだ。

何より、アズィールが第二王子として生まれたその年、西の魔女と呼ばれる老巫女がこう予言したという。

「王子らが成人した暁には、二人に世界を巡らせ、『青い宝石』を探させよ。それを手に入れた者がこの国の後継者となり、『青い宝石』は我が国にますますの繁栄をもたらすであろう」

トラハルディアでは一般に女性の地位は低く、結婚前は家長に、結婚後は夫となる男性に隷属し、政治経済に関わることも少ない。しかしトラハルディアの唯一神である太陽神に仕える巫女だけは別だ。彼女たちは王宮の西宮の一角に住まい、神へ祈りを捧げる日々を送っている。

そして巫女らの神託は神からの言葉とされる。特に巫女の長たる老巫女の神託は絶対で、時には国政をも動かすことがある。

この航海は予言された『青い宝石』を兄弟のうちどちらが早くに手に入れるか、その争いなのだ。

だがこの神託には曖昧な点が多すぎる。「花嫁にせよ」、という神託の言葉を正確に考えれば、『青い宝石』とは人そのものであるはずなのだ。『青い宝石』に「縁がある」令嬢、というのは頭の固い兄の勝手な解釈だ。

だが、柔軟な思考を持つアズィールにも、『青い宝石』がその人の何を指すのか分からない。どこの国に住み、どのような地位にあるのか、どんな人となりなのか、何も分からない。

「……トラハルディアを出る前日、兄上と俺は西の神殿に呼び出され、老巫女から御言葉を賜った……」

――航海は時に風任せに行くべきもの。両殿下、くれぐれも風の行方を見失われぬよう

――

それは単に、航海の安寧を祈る言葉にも思える。第一王子という立場上、表面は信心深くしているが、実のところ、アズィール以上に現実主義で神託に価値を認めていないセフィルトは、風の行方など気にも留めていない様子だ。

それでいい。『青い宝石』は必ず自分が見つけてみせる。

アズィールは長衣に手をかけると、それを一気に脱いだ。下に着ていたのは、ごく普通の、しかし均整の取れた体をいっそう魅力的に見せるジーンズとTシャツだ。一国の王子といってもこれくらいの普段着は持っている。

退屈な航海にとうとう我慢ならなくなったのが東洋の美しい島国だ。さらに今夜は太陽神

と相対する邪神・月神アーズダラーは新月ときている。空気は清涼で、風の行方が明瞭だ。

今夜、必ず何かが起こる。アズィールは自分の直感を信じていた。

「愛と恋の女神にご加護を受けるには、兄上は少々御託が多い」

東京は若者の多い、たいそう賑《にぎ》やかで享楽的な国際都市だと聞く。紛れ込んでいても、中東の王子だと気づく者は多くはあるまい。

「止めても無駄だぞ？」

今夜の夜会をボイコットするつもりでいるのは、もうメルリアムには分かっているだろう。メルリアムは溜息をつき、両手の平をこちらに向けた。

「だが俺は、お前のお目付け役でもあるんでね」

と言いながら、彼が衣装を解くと、黒革のパンツに黒シャツという気障《きざ》な衣服が現れた。

十八歳と二十一歳の友人同士は、お互いの顔を見てふっと吹き出す。

セフィルトに告げ口はしないが、アズィールを放置するつもりもない。それがメルリアムの意思というわけだ。

「ランディングの準備は出来ている。海の上での社交は兄上にお任せして俺たちは地上で宝石探し《トレジャーハント》を楽しむとしよう。宮廷の外には御出《おい》でにならない兄上はご存じないかもしれないが、宝石は最初から光を放つものではない」

光り輝く宝石も、原石は鉱山の奥で泥に塗《まみ》れているものだ。

この旅は、それを探し出すためのものだとアズィールは気付いている。船の中に閉じこもっていても意味はない。

「お前は単に、冒険を楽しみたいだけだろう。地上に出ての宝石探しは結構だが、トラハルディアに戻るまでに『青い宝石』とやらを見つけられなければどうするつもりなんだ」

「それならどこかの国の骨董《こっとう》市に潜り込んで適当に古いアメシストなりターコイズなりを手に入れるさ。もっともらしい由来をでっち上げれば王宮のじじい共も納得せざるを得ない」

「……お前が国王陛下たちの御前で大芝居を打つのが今から目に見えるよ」

二人は部屋を出て、慎重にデッキへ下りると予《あらかじ》め海面に下ろしていたテンダーボートを足場に上陸する。

そのとき、空を切り裂くような高い音が上がった。

「見ろ、メル」

夜闇を切り裂き、遥《はる》か上空で派手な閃光《せんこう》が炸裂《さくれつ》する。

「花火だ。今夜の趣向だな」

「花火……」

何の予告もなく晩夏の夜に咲き開いた光の花を見上げ、深水青《ふかみあお》は小さく呟いた。

緋色、眩しいクリーム、金色のグラデーション。

夏祭りの季節は終わったと思ったのに。どこかで季節はずれのお祭りでも行っているのかな、だったら行ってみたいな…、という思いが脳裏にちらついたのはほんの一瞬のことだ。もう十六にもなるのにお祭りに行きたいなんて子供じみてる。それに、この時間、店はたいそう忙しくなる。

港に近い繁華街の場末のクラブでアルバイトをしている青は、店内のトイレ掃除と客席の掃き掃除、厨房の生ごみの回収を済ませたところだった。ごみを店の裏口にあるポリバケツに放り込む。

花火は最初の一発が搔《か》き消えると共に、二連打、三連打と惜しげもなく続けざまに打ち上げられた。花火が開く度に、夜闇が落ちたばかりの繁華街が様々な色に色づけられる。

ちょうど、青がいる路地裏の入り口をスーツ姿の若いサラリーマンが三人ほど通り掛かった。まだ宵の口で酔ってはいないが、仕事を終えた解放感からかずいぶん大声になっている。

「豪勢な花火だな。港の方からか？　何か祭りでも開いてるのか」

「アラブの王族だか富豪だかの豪華客船が停泊してるんだとさ。船上でパーティーを開いてるそうだからその催しだろう。外交目的で、世界各国を回ってるって聞いたぜ」

「ああ、トラハルディアか。今の国王になって、中近東でやたら国力を上げてるっていう。

豪華客船に乗って世界一周なんて豪勢な話、庶民には夢のまた夢だな」

だが青には、そんな遠い異国の話などどうでもよかった。淡々と、日常を無事に終えるだけで精一杯だ。今通っている学校が終わったら、誰より早くこの店に来て雑用をする。店が開いたら今度は皿洗いに徹する。青の今の目標はとにかく金を貯めることだ。金を貯めて、自立して、今、世話になっている家を出て、早く大人になること。

青は右手の甲で額に浮いた汗を拭《ぬぐ》った。

何だろう。頭が痛くて、体がだるい。季節の変わり目と働き詰めが重なって、疲れが出たのだろうか。

熱なんて出たらどうしよう。体のことなどどうでもいいが、給料が下がると困るからバイトは休めない。

――右目を隠すために、眼帯をつけて働くしかないだろうか。

「おい、深水」

店の裏口が開いて、足元に光が差す。顔を覗かせたのは、先輩の須山《すやま》だ。青は顔を強張《こわば》らせたが、無視することに決めた。須山は青の態度を気にするでもなく、こちらに近付くと一人でべらべらしゃべり始める。

「花火、見たか？　すごかったよなあ、金ってあるところにはあるんだよな」

須山のことは、最初は気がよく面倒見のいい先輩だと思っていた。アルバイトを始めた当初から言葉が少なく、寡黙だった青を嫌うでもなく、何くれと世話を焼いてくれた。誰とも親しくなるわけにはいかない青は態度を改めることは出来なかったが、密《ひそ》かに須山に感謝していた。

「今日、例のパーティーがあるんだけどさ。この前、連れて行ってやったろ？」

青は聞こえないふりで、ゴミ捨て場周囲の掃き掃除を始めた。須山は大袈裟《おおげさ》に肩を竦めて青の顔を覗き込む。

「おいおい、無視するなよ。あのときのメンバーがお前のこと、やたら気に入ってさ。もう一回連れて来てくれってうるさくてさあ。どうよ、今晩。ただ飯にただ酒だぜ？」

「…………」

「なあお前、可愛《かわい》い顔してるんだからさ。こんなしょぼい店で地味に裏方のバイトばっかしてないで、上手く得する方法考えろよ。もうちょっと愛想よく振る舞ったら、もっと楽で楽しい仕事が山ほどあるんだからさ」

右腕を摑《つか》まれ、青は思わずその手を払った。

「……触らないで下さい」

須山が言う「例のパーティー」の酷《ひど》いことと言ったらなかった。

須山の言う通り、食べ物も飲み物も山ほど用意されていたが、手を付けるつもりにはなれなかった。広く薄暗い部屋で行われていたのは、男女が大勢集まり、合法ドラッグや乱交を楽しむパーティーだったのだ。須山は主催者の一人のようだった。
参加者が一人でも多い方が場が盛り上がる。お前が来てくれたら助かる。

そう言って頭を下げる須山に普段の礼が出来たらと思って、前回はよく考えもせずに参加を決めた。それに、今の家では出された食事をとるのも遠慮しており、夕飯はコンビニなどで粗末な弁当を買う毎日だ。ただで食事が出来る、などという甘言に乗った自分が本当に情けなかった。あのときは須山の隙《すき》を見て何とか逃げ出したのだが、もう仕事以外で彼には近付くまいと思った。

「ああいうのは困ります。もう誘わないで下さい」

緊張で喉《のど》がからからになっていたが、どうにか告げる。しかし視線は足元を見つめたままだ。

「何だよ、俺に逆らうつもりかよ」

摑まれた腕をぐっと引かれて、耳元で囁かれる。

「いいんだぜ、逆らっても。十八歳って嘘言ってるけど、お前はまだ十六歳で高校生だってこと、店にばらされてもよければさ」

青は無言になった。着替えのとき、うっかり生徒手帳をロッカールームに落としてしまったのだ。悪いことに、それを須山に見られてしまった。青が通う高校では、アルバイトは禁止されている。年齢をばらされたら、世話になっている伯父《おじ》、伯母《おば》にも迷惑をかけることになるだろう。それだけは避けたかった。

「でも、パーティーには行きません。お金が払えませんから」

「馬鹿《ばか》だなあ。金はいらないって前も言っただろ。何お前、まさか俺が金目当てでお前を誘ったと思ってんの？　お前が金持ってないのくらい、見てれば馬鹿でも分かるよ」

「…………………」

金ではないというなら、いったい何が目的なのか分からない。

「ほら、俺の目的は、さ……」

青が無口で無表情なのは須山も承知だ。返事など最初から求めていない。その分、体の密着度はどんどん高まる。

「お前、童貞だろ？　だったら俺が女、紹介してやるよ。その代わり、こっちは、さ」

「何、す……!!」

壁に体を押しつけられ、いきなり尻《しり》を鷲摑《わしづか》みにされた。拘束も巧みで、小柄な青はどうしても逃げ出すことが出来ない。ただ、拒絶の意を示して下を向き、かぶりを振るのが精一杯だ。

「な？　前から深水のことは可愛いなって思ってたんだ。男のくせに色が白くて、睫《まつ》毛《げ》が長くて、いい匂《にお》いがして……だからこっちの初めては、俺が面倒みてやるよ」

須山の手は青の尻を揉《も》みしだくように動き、布地の上からおかしな箇所を何度となく擦《こす》っている。彼の意図はよく分からないが、それでも首筋に降りかかる生温《なまぬる》い吐息に、青は体が震えるほどの嫌悪を感じる。

いけない。興奮してはいけない。耐えなければならない。今までだってずっと耐えてきた。須山だけではない。自分たちとは違うからと、色んな人間に暴力を振るわれて、勝手な噂《うわさ》話を流されて、化け物だと罵《ののし》られて――それでも今、須山の湿った手の平が首筋に触れた途端、堪《こら》え切れなくなった。

「いや、だってば‼」

青は渾身《こんしん》の力を振るって、須山の体を突き飛ばした。須山が背後に尻餅《しりもち》をつく。そして見下していたはずの青の反撃に、頭に血を上らせたらしい。

「親切に言葉をかけてやってるのに…このチビが‼」

立ち上がった須山が固めた拳《こぶし》を振り上げる。

――殴られる。咄嗟《とっさ》に両腕で頭を庇《かば》ったが、予想した痛みはどこにもなかった。

「何をやってるんだ。こんな暗がりで」

須山の襟首を長身の誰かが摑んで宙ぶらりんにしていた。その傍らに、もう一つの人影。

「おいっ！　おい、何だよあんたら！　放せよ、あんたらに関係ないだろうが！」

須山が足をじたばたとさせながら二人に抗議した。

「ああ、悪かったな」

そう言って須山の背中を蹴《け》りつけて解放した青年は、派手な金色の髪をしていた。余裕たっぷりの二人組みを見て、とても敵わないと思ったらしい。須山は駆け出して、振り返り振り返り、捨て台詞《ぜりふ》を吐き出した。

「畜生、覚えてろよ！」

「雑魚《ざこ》の捨て台詞は万国共通らしい」

「おい。お前は大丈夫なのか？」

そう尋ねた青年は、黒髪をしていた。青よりは年上だろうが、金髪の青年より若干年下に見える。

大丈夫だから、放っておいて欲しいと言おうとしたが、堪え切れない頭痛と眩暈《めまい》に、青はその場にしゃがみ込んでしまう。やっぱり、熱が出ているらしい。

「メル、港からはまだ離れてはないな？ これはどうも病気らしい。医者に診《み》せよう」

「またそんな面倒を背負い込むつもりか？ セフィルト殿下からお小言を食らうぞ」

「兄上の小言なぞ構うものか。それよりも、こんなに小さいのを打ち捨ててはおけない」

「さ、触らないで下さい!!」

黒髪の青年に肩を触れられて、青はそれを打ち払う。どこの誰かは知らないが、今は放っておいて欲しい。

「何でもない。何でもないから、もうあっちに行って下さい！」

「ということだが。どうする？　アズィール」

　金髪の青年が肩を竦めた。青の無礼を気にも留めていない。青は必死だというのに。黒髪の青年も、興奮した小動物をあしらう程度の緊張感のなさだ。

「驚いた。とんでもない気の強さだな、助けてやってこの仕打ちか」

「放って置いて下さい、大丈夫、だか、ら……」

　……しゃがんでいるのに、ぐるぐる世界が回るのを感じる。

　頭が重くて、自然と首が後ろに仰《の》け反《ぞ》る。いけない。空を見上げてはいけない。けれど青を見下ろす二人の青年たちは、とても煌びやかな雰囲気を纏っている。目を逸《そ》らすことはとても出来なくて。

　空には打ち上げられる色とりどりの花火――

　真昼のように明るくなったその場所で、青はいきなり、黒髪の青年に肩を掴まれる。

「な……、や………っ」

　触るなと、あんなにはっきり言ったのに、彼にはまるで堪《こた》えていない。そして、青にはもう抵抗する力がない。

「……アズィール？」

「――見つけた」

　アズィール、と呼ばれた青年は青の右目を見ている。一瞬、震えが体を突き抜けた。気づかれたのだ。感情が高ぶると青く変色し、光を放つこの奇妙な瞳に。

気味が悪いと突き飛ばされる。化け物だと殴られる。そう覚悟したのに、青は思いも寄らない力強さで、青年に横抱きにされていた。抗《あらが》うよりも、他人の体温がとても心地良く、ずっと体が冷えていたことに気づいた。

そのまま、どんどん意識が遠ざかっていく。

「俺はこのままトラハルディアに帰るぞ。兄上には適当に言い置け」

トラハルディア――？

ついさっき、聞いたばかりの国の名前。けれどそこで、青の意識は途切れてしまう。最後に、青年の甘く、慈しむような声を聞いた気がした。

「ずっと探していた。俺の『青い宝石』だ」


長い間、誰かの声を聞いていた気がする。

大切に大切に、柔らかな布地で包まれ、気分は悪くはないか、どこか痛くはないかと何度も尋ねられた。青は、自分がその問い掛けにちゃんと答えたのか、よく覚えていない。

寄せては返す、波のように優しい声だった。

青はぼんやりと目を開けた。

しかし、自分が置かれている状況を把握するのに、ずいぶん時間がかかったと思う。青はベッドで眠らされていた。それも普通のベッドではない。そもそもここは普通の部屋ではない。ベッドが置かれた場所は石造りのあずま屋で、ドーム状の屋根を六本の太い支柱が支えている。

時間は夜だ。青と金色のタイルが貼られた支柱には金属製の明かり取りが二つずつ取りつけられ、あずま屋の中はふんわりとほの明るかった。見知らぬ場所で目を醒《さ》ました青を優しく包み込むような明かりだ。

そして青が横たわっていたベッド。五、六人が悠々と眠れるほどの大きさで、敷かれているのは青にも分かる、滑《なめ》らかな絹のシーツだ。

ベッドに天蓋《てんがい》はないが、ずっと頭上に丸い金属の輪が吊《つ》り下げられ、そこから蝶々《ちょうちょう》の羽のように薄く淡い紗《しゃ》が何重にも垂らされて、ベッドを包み込んでいる。

青はゆっくりと体を起こす。周囲には何故か水音はするものの、人の気配はない。

頬に触れる空気は飽くまで暖かい。そして花の香り。たえず聞こえる水音。静穏な、美しい場所。青にはどうして自分がここにいるか、少しも分からない。もしかしたら天国に来てしまったのだろうか。

十六年間生きたが、それほど有り難がるような人生でもなかったと思う。現世に、何か未練があるわけでもなく、そもそも――青は神様なんて一切信じてもいない。ここは天国ではない。では、いったいどこなのだろう？　青はシーツの上でしばらくぼんやりしていたが、幾枚もの紗をめくり、そろそろとベッドを下りる。

ところが床につくのだろうと思った爪先《つまさき》がひんやりと水に冷えて、青はぎょっとする。

「わっ、わあ⁉」

そのままバランスを取れずに、青は浅い水の中に落ちた。飛沫《しぶき》が派手に上がり、水の中に座り込んだ青は呆然《ぼうぜん》としてしまう。

なんと、このベッドは浅い水路の中央に置かれているのだ。その澄んだ水は外からこのあずま屋に流れ込み、ベッドの真下を通ると、足側にある石段を三段滑り落ち、今度は少し深いプールへと注がれる。プールには瑞々《みずみず》しい真っ白なプルメリアがたゆたい、それがまた外の水路へと流れていく。

「な、何でこんなところに水が流れて……」

水音は聞こえていたが、ベッドの下が花の咲き乱れる水路になっているなんて、想像もしなかった。こんな不思議な、まるで御伽噺《おとぎばなし》――そうだ、子供の頃に聞いた千夜一夜物語《アラビアン・ナイト》に出てくるような、花と風が似合う建物――どうして自分は、こんなところにいるのだろう。

青はびしょ濡れになったまま、どうにか立ち上がった。よくよく見れば、見覚えのない衣服を着ている。踝《くるぶし》の辺りまでの丈で、立ち襟に、長い袖《そで》は肘《ひじ》の辺りからふんわりと開いている。花柄の刺繍があちこちに施されているのでまるで少女の衣装のようだが、肌触りが風を纏っているように軽くて心地良かった。

濡れた衣服の裾《すそ》を摘《つま》み上げながら、水路から上がる。

そのとき、足元からしゃらんと音が聞こえた。青は不思議に思って、足首を見る。右足首だ。それは銀色をした二つの金属のリングだった。ただの輪ではなく、真っ青な涙形をした青い宝石が等間隔に幾つも吊り下げられている。そのブレスレットにも似た煌びやかな装飾品が、何故《なぜ》か青の細い右足首に取りつけられているのだ。

何故、こんなものが？

ぐいぐいと引っ張ったが踵《かかと》が引っかかって足から抜けず、華奢《きゃしゃ》な見た目のわりに折れそうにもない。小さな鍵穴《かぎあな》が見えた。鍵を差し入れるか、大きな器具で断ち切らなければ外すのは無理だ。

そして青は戦慄《せんりつ》を覚える。

最後の記憶では、青は確かに日本にいた。そこからの記憶が曖昧で、霞《かすみ》がかってしまっているけれど、誰かがこのアラビア風の部屋に青を連れ込み、衣服を着替えさせ、足にリングを取りつけたのだ。

青の意識がないうちに――――誰かが。

青は、他人よりずっと強い警戒心を募らせて、思わずあずま屋の外に駆け出していた。あずま屋の外は暗く広い。ただ時々吹き渡る風に、花の濃い香りが混じっているのが分かる。足元は石畳《いしだたみ》だ。走って、走って、何度か転びそうになりながらまた走る。ようやく行き着いたのは胸ほどの高さの石柵だった。そしてその向こうには。

「……………な、に………？」

暗くて最初はよく分からなかった。だが、徐々に闇《やみ》に目が慣れてくる。

暗闇の向こうには何もなかった。三日月と群青色の空。そしてその下には、茫漠《ぼうばく》たる砂漠。ささやかな月光を照り返し、静まり返る砂の海だった。ずっと果てに、夜空との境界だと分かる地平線がやっと望める。

先ほどのあずま屋がある場所は、石を積み上げ高い場所に設けられた広いテラスであるらしい。あまりに高い位置にあるので、風が吹いても砂を浴びることもない。左右を見回すと、複雑に入り組んだ回廊や塔などの影が見えた。

青はその場にへなへなと座り込んでしまった。

いったい何が起きたというのだ。ここは、どこなのだろう。住んでいた街とはとても思えない。いいや、日本だとすら考えられない。どこか、途方もない場所にいるらしい。

「ベッドにいないと思ったら、あずま屋を抜け出してこんなところにいたのか」

突然背後から話しかけられて、青は飛び上がるほど驚いた。振り返ると、そこに青年が一人、立っている。

「よかった、顔色がいいな。ずっと熱が高くて心配した」

青は石柵に縋《すが》りつくようにして座り込んだまま、何を問うでもなく青年を見上げたまま押し黙ってしまっていた。

「この広場は朝方に来るといい。夜だと花壇の薔薇《ばら》も見えないし、万一石柵を踏み外して真下の砂漠にでも落ちたら大変だ。夜灯をつければ安全なのかも知れないが、それだと花の眠りを醒ましてしまうからな」

青年の声は夜闇に凜《りん》と響く。やや不遜《ふそん》そうだが、同時に品格も備え持つ。

そして彼が着ているのは、この場所に相応しく思える民族衣装だ。黒い布地を頭部に被って、裾の長いローブには繊細かつ煌びやかな刺繍がぎっしりと施されている。重ね着をしたその衣装が、緩やかな風に軽くはためく。中東方面の国の男性が、こういった格好をしていることは、青もテレビなどで見知っていた。

それではやはりここは日本ではなく、外国なのだろうか？

しかし、この不可思議な場所より、初めて間近で見る異国の衣装より、何より青を圧倒したのは青年の美貌だった。

歳《とし》は青より二つ、三つ年上だろうか。鋭角的な顔の輪郭や、傲慢な物言いのわりには、まだ無邪気なほどの若々しさを感じる。けれど黒い瞳は怜悧《れいり》で眦《まなじり》が涼やかに切れ上がり、形のいい唇には毒のある皮肉すらよく似合いそうだ。

強い風に煽《あお》られているように、青はいつもの俯《うつむ》き癖を忘れて、ただ青年の美貌に見惚《みと》れている。

青年は青の沈黙に不思議そうに首を傾けた。

「ずいぶん大人しいな。拾ったときは毛を逆立ててこちらを警戒していたのに。まだ体調が優れないか？　それとも熱のせいで言葉を忘れたか」

「……ひ！」

袖から覗いた彼の手がこちらに寄せられて、青はナイフを突きつけられた様に、小さく悲鳴を上げた。へたり込んだまま、ほんの少しでも青年から離れようと必死に石柵に背中を押しつける。青の怯え切った様子に、青年はおかしそうに苦笑する。

「そう怖がるな。俺はお前を傷付けたりしない」

何か違和感を感じると思ったら、彼は流暢《りゅうちょう》に日本語を話している。そして怯《おび》え切っている青とは正反対の悠然とした態度。青はだんだん、腹立たしい気持ちになった。

自分は今のこの状況がまるで飲み込めず、完全に混乱しているというのに。その原因であるらしい青年は、暢気《のんき》な表情で自分を見下ろしているのだ。

「ここは、どこなんですか。どうして俺はここに……外国……？　こんなところにいるんですか」

青は背筋を伸ばし、やや強い語調で問い詰めた。

「あなたはいったい、誰なんですか」

そう問うと、青年はたいそう面白そうに微笑した。

「この国にいて、素性を尋ねられたのは初めてだ」

肩を竦める、その仕草には独特の風格を感じられる。誰もが平伏せずにいられないような、高貴な、しかし強烈な存在感。

「ここはトラハルディア王国、その首都ギシューシュの中央にある王宮だ。そして俺はトラハルディア第二王子アズィール。イル＝アズィール・ユシュト・トラハルディア。これが俺の名だ。覚えておけ、青」

「トラハルディア……って、アラビアの……？　王子って……」

確か、王制が取られている中東の大国だ。外戦や内紛の多い周辺諸国の中で、国王の巧みな外交により国内の平和と安全、高い国内総生産《GDP》を保つ豊かな国だ。青は自分の当面の目標に精一杯で、外国になど興味はないが、新聞やテレビのニュースでよく取り上げられている。だが、それは飽くまで単なる知識に過ぎない。一生自分とは関係のない異国、という大きな前提があっての知識だ。

「トラハルディア……どうして、俺がそんなところにいるんですか」

「俺がお前に恋をしたから」

アズィールは唇の端に微笑を浮かべ、そんな言葉をごく軽やかに口にする。

「冗談じゃなくて、真面目《まじめ》に答えて下さい」

「恩人に対して、そう警戒心を見せることもないだろう、青」

冗談めかして肩を竦めるアズィールに、青は怪訝《けげん》な気持ちになる。

恩人？　それにどうして彼は自分の名前を知っているのだろう。

「お前を助けたのは俺だ。俺と出会ったとき、お前は知人とトラブルを起こしていた。だが熱が酷く高くて意識を失ってしまったから、この国に連れ帰ることにした」

「あ……」

それはぼんやりと覚えている。そうだ、アルバイト先の先輩と喧嘩《けんか》をして、相手を怒らせて。乱暴をされそうになったところで、二人の青年に助けられた。しかしその後のことは、何一つ覚えていない。

当惑する青に、アズィールはこう説明を加える。

アズィールは兄王子と共に、王命により船で世界を巡っていた。だが東京港に着いたときにはすっかり船旅にも飽きていたので、夜になるとともに親友メルリアムを連れ、お忍びで繁華街に遊びに出ていた。そのとき、たまたまバイト先の先輩と揉み合っている青を見つけた。

「日本へは船で入港《はいっ》したが、俺はもともとああいった悠長な旅は好かん。目的のものを見つけた後はさっさとトラハルディアに帰りたかったんだ」

そして悪戯っぽく肩を竦める。

「本国から俺が普段使っているジェット機を呼ぶつもりだったが、自衛隊とやらがなかなか性能のいい精鋭機を持っていたので一機使ってやることにした。お前をこの国に連れ、王宮の南端に位置するこの宮で、俺自ら手厚く看病した。無事回復したようで何よりだ」

「…………」

青の問いに、答えているようでまったく答えていない。わざとはぐらかしているのか、それともとてつもなくマイペースなのかよく分からない。

一日、いや時差を考えれば一日半、青の記憶はすっぽ抜けている。

ついさっきまで、青は高校に通う普通の高校生で、東京の繁華街でアルバイトをしていて。だが瞬《まばた》きをした途端に海を越え、陸を越えて、あのあずま屋のベッドで眠っていた。

体調が悪かったのは本当だ。では看病をするためにわざわざ自国へ連れ帰ったというのか?　そんな大仰な話があるだろうか。

いや、有り得るかもしれない。ここが本当に中東の大国トラハルディアであるのなら。この青年――アズィールが、トラハルディアの王子だというのならば。どんな気紛れも我侭も通って当然、それこそ自衛隊の飛行機を内密に借りることも可能かもしれない。

青もだんだん、このとんでもない状況が現実だと認めざるを得なくなる。

何より、嫌な予感がした。他人が自分に注目する。青は少し小柄で無愛想な他は、特に目立った特徴があるわけでもない。その青を外国の王子が、自国に連れ帰るほどの興味を抱《いだ》いた。他人が自分に興味を持つ。十六年間生きてきて、それがどんなきっかけによるものか、嫌というほど知っている。

青はよろよろと立ち上がった。逃げなければならない。しかしアズィールは青の意図を察したらしい。彼の両手は軽く青を抱き締めた。

慣れない人肌に、青はつい怯えて体を捩《よじ》らせる。

「……なにす……！」

「お前のサファイアがもう一度見たい」

真摯《しんし》な声音で、彼はそう言う。

「サファイア……？」

「青い石の中で最も美しく高貴な石だ。ここに隠しているだろう？」

顎《あご》を取られ、上向かされる。口付けられたのは、右目の瞼《まぶた》だった。秘密を知られた危機感に、心臓が嫌な鼓動を刻み始める。

「俺の、目を、見たんですか……？」

「ああ。涙で潤《うる》んで、光を放つ、濡《ぬ》れたサファイアそのものだった。今は左右同じ、黒い瞳だな。これはこれで美しいが」

「…………」

「お前の足につけたアンクレットも大粒のサファイアをメインにダイヤを添えて作らせた。お前によく似合ってる」

足首のアンクレット。やはりこれは、意識のない間に無断でつけられたようだ。宝石のことなんかよく分からない。青い石なんて——見るのも気分が悪い。

だが、青の気持ちとは裏腹に、精悍《せいかん》な美貌が、いっそう間近に寄せられた。

「俺は青く色を変えたお前の右目が見たい。見せてくれるか、青。どうすればあの色になる？」

「知りません」

もちろん嘘《うそ》だ。

どうすればその色が右目に現れるのか、自覚してはいるが興味本位で見られて嬉《うれ》しいものではない。

「知らないし、見られたくありません。あなたが、どの国のどんなに偉い人でも、人が嫌がる秘密を暴く権利なんかないと思う」

「立場を盾に脅しているわけじゃない。美しいものを見たいと思ってる。それだけだ」

「うつくしい……？」

到底信じられない。

この青い右目は、ずっと嫌悪と恐れの対象だった。そして青自身が誰より、この目を嫌っている。今耳にした美しい、という言葉は、青を懐柔するための甘言としか思えない。

青は今は黒い両瞳で、精一杯にアズィールを睨《にら》みつけた。

王子であるというアズィールにとって、自分は片側の目の色を変える変わった生き物なのだろう。きっと、籠《かご》にでも入れて、東洋の奇怪な生き物を捕まえたと見世物にするつもりに違いない。

「絶対に、教えないし、絶対に見せません」

「そうか。ならば結構」

あっさりと退かれて、青はつい拍子抜けしてしまった。捕まえられて、面白おかしく自分の目を眺めて、珍獣扱いされるのかと思ったのに。

だがそうではなかった。

「お前の体をあのときと同じ調子にしてやればいい。あのとき、お前は感情を高ぶらせ、体は熱を持ち、目を潤ませていた」

どこか不真面目で悪戯っ子のような様子とは裏腹に、アズィールは恐ろしく勘がよかった。

その通り、青の右の瞳は強い喜怒哀楽の情を覚えたり、発熱すると色を変える。

青は怯えて声すら出せない。あのときと同じに調子にしてやる、と言ったが何をされるのだろう。殴られるのか、蹴《け》られるのか、もっと酷いことをされるのか――

「あ……！」

緊張に顔を強張らせる青の手が取られ、恭しく右手の甲に口付けられた。

「お前は、俺の花嫁になるんだ」

あまりに突飛な内容に、青は言葉を飲み込むことが出来なかった。

「……は？」

「なよめ。花嫁だ。俺の『青い宝石』」

「花嫁？　青い宝石？」

「……そう、我が国では王族の花嫁は美しい宝石《イ・サーフィア》と呼ぶ。お前をこの国で一番美しい宝石にしてやろう」

そして、よいしょと青の体を肩に担ぎ上げる。青は心底驚いて、下ろして下さい、放して下さいと手足をばたつかせたが、アズィールは平然と歩き出す。暗闇に花々が咲く中、青がもともと眠っていたあずま屋に向かっている。

青はとうとう怒鳴り声を上げた。

「もう！　何なんだよ！　放せったら!!」

「しい。お前の気の強さは俺の好みだが、今は騒いではいけない。初夜は月の光のもと、密やかに行われるものだ」

「……しょ……」

――初夜？

やがて、水の音が涼しいあずま屋へと戻ってきた。空調などついていないのに、このあずま屋の内部は野外よりずっと涼しいことに気付いた。それは寝台の周りに水が流され、空気が冷えているからだろう。砂漠の国で、水は貴重なものだと聞いているが、この王子様はどんな贅沢も許される立場にあるらしい。

「わ！」

青の体は、ベッドの上へ放り投げられる。乱暴な扱いに、体を起こして抗議する暇もなく、アズィールが伸《の》し掛かってきた。青は強い緊張を覚える。

怒ったり泣いたり、感情を高ぶらせれば右目が変色することは見抜かれている。アズィールはそれを見たい、と言っている。

今からこのベッドの上で、拷問《ごうもん》でもされて痛めつけられるのだろうか——子供の頃から、面白半分に酷い目に遭わされたことは何度もあった。学校で大切にしていた文房具を取り上げられて泣かされたり、酷いときには母の恋人に、煙草《たばこ》の火を押しつけられたこともある。

その上で、化け物、こっちに来るな、と罵られるのだ。

何もしないのに。ただ片目が青くなるだけで、超能力を持っているわけではない。不幸を起こす力もない。

それなのに、青を不吉な徴候として恐れ、厭《いと》う人たちの仕打ちは青の心と身体を徹底的に叩《たた》きのめした。そのことを思い出すと体が震えそうになったが、両肩をベッドに押さえ込まれた青の唇には、暴力とは正反対に、柔らかい、しっとりと濡れた感触があった。

「…………!?」

青は思わず目を見開く。間近にアズィールの端整な顔がある。

信じられないことに、青はキスを受けていた。一瞬、頭の中が真っ白になって抵抗すら忘れてしまう。兄弟がおらず、友人もなかった青は教科書レベルの性知識しか持っていない。当然、性体験も一切なかった。

アズィールはいったん唇を離して青を見下している。

「これは驚いた。お前は何もかも清らかなままなのか」

賞賛するように青の頬を両手で包み、無知を愛《いと》おしむような微笑を見せる。青が色事に初心なことを、一度のキスで見抜いたようだ。

「お前の初めては、全部俺のものということらしいな」

満足そうにそう言って、再び角度を変えて唇を重ね合わせる。何度かそうして唇を合わせ、不意に舌先で、青の唇を舐《な》める。

「ん……、ん……っ」

くすぐったさに身を捩ると、今度はもっと深く、濃厚な口付けを与えられる。緩んだ青の唇に、アズィールの熱い舌がするりと突き入れられた。口腔《こうこう》に侵入したアズィールは、好き放題に動く。青の敏感な口蓋《こうがい》や歯茎の裏を大胆に舐め回す。一方的な、まるでやり方の分からないキス。

青はうろたえるばかりだったが、歯列の裏をなぞられた途端、こそばゆいような不思議な感覚に、思わず甘い吐息が漏れた。

「………ん、ん、ふ」

その吐息が了承の合図だというように、今度はアズィールの口腔へと舌がからめとられる。ねっとりと蕩《とろ》けるように吸い上げられ、窄《すぼ》めた唇にちゅくちゅくと水音を立てながら舌を扱《しご》かれると、何故か腰の辺りがかあっと熱くなり始めた。

初めての、しかもこれほどに強烈な口付け。どきどきと心拍数が上がり、頭の芯《しん》が、ぼうっと痺《しび》れてくる。

ようやく唇が離れたときも、青は脱力して呆然と呼吸を弾ませていた。

アズィールは青の前髪を長い指でかき上げ、じっと目を覗き込んでいる。青の口の端から頬に零《こぼ》れた唾液《だえき》を親指で掬《すく》い取り、青の唇に塗りつけて、まだ飽きないというように唇を貪《むさぼ》る。

「ん……っ、あ…」

つい声が漏れたのは、アズィールの片手が、青の衣装の胸元辺りを忙しなくまさぐっているからだ。その指先が、時折青の胸の、敏感な場所をかすめて、青は小さな悲鳴を上げる。

「な……っ、や、ん……!?」

「青……」

出会ったときからアズィールは不真面目で飄々《ひょうひょう》とした風だったが、今は若く真剣な熱情をあからさまにしていた。青の耳朶《じだ》を噛《か》み、耳孔《じこう》に舌を押し入れる。

「ああっ、ああ、ん……」

「青、青……なんて可愛いんだ。さあ、お前の全部を俺に見せてくれ」

青が着ていた柔らかく繊細な衣装は何本もの紐《ひも》であちこちを括《くく》られている。アズィールはそれを慣れた手つきで手早く緩め、とうとう一番下の衣装を左右に開いた。蠟燭《ろうそく》の明かりの下、青の上半身の素肌が露《あら》わになってしまう。

「あっ、いや……」

キスの衝撃から我に返り、青は体を反転させてアズィールから逃れようともがく。目を見られるのも嫌だが、アズィールの意図が分からずただ恐ろしかったのだ。だが、体格も体力もあまりに違いすぎる。アズィールは暴れる青の体を易々《やすやす》と押さえ込み、青の素肌を見下ろし、深々と感嘆の溜息をつく。

「これは……素晴らしいな」

露わになった素肌に、アズィールの手の平が、唇が、慈しむように触れる。彼の指先が乳首をかすめたとき、くすぐったさに似た不思議な感覚に声が漏れた。

「あ……っ」

「日本は雨に恵まれた、水の豊かな国だと聞くが、お前の素肌は本当に瑞々しい。たっぷりと澄んだ水を吸った花びらみたいだ」

そうして、アズィールは青を見下ろし、いっそう満足そうに笑う。頭部を覆っていた布を鷲摑みにすると、それを荒々しく剝《は》ぎ取った。夜の闇よりなお美しく深い色の瞳と、髪が露わになる。類稀《たぐい》なる美貌と抗い難い存在感を纏う彼は、夜闇すら味方に従え、青を傲慢な眼差しで見下ろしている。

青は彼を見上げ、どうしようもない敗北感に襲われた。彼からは逃れられないという絶望だ。

「看病をしているときは保護者のようにお前の体を案じ、回復することを祈った。今はただお前のすべてが欲しくてならない」

親友の言う通り、俺は本当の恋とやらを知らずにいたらしい——そんな風に呟いたようだが、青にはその意味が分からない。

「こ、これ以上俺に触ったら……触ったら、この右目であなたを呪《のろ》います！」

咄嗟《とっさ》に叫んだが、アズィールを面白がらせただけだった。

「構うものか。与えるのがお前なら、呪いも俺にとっては妙なる祝福だ」

アズィールは青を拘束したまま枕の下を片手で探った。取り出されたのは陶器の小瓶だ。

その中の液体を、彼はいきなり青の両足の間に垂らした。際どい場所をぞんざいに濡らされ、青は小さな悲鳴を上げる。

「や……、あ………！」

「もちろんモノじゃない。お前は今夜、俺の花嫁になる。さっきも俺はそう言ったはずだ」

中途半端に体に纏わりついていた衣装がすべて素肌から剝がされて行く。この国の習慣であるらしく、青は寝巻きの下に何も下着はつけていなかったから、完全に全裸を晒《さら》すことになった。

身につけているのは例のアンクレットだけだ。

「驚いた。衣装を纏っているよりも、お前は生まれたままの姿の方が遥かに俺の好みに沿っている。その心の鎧《よろい》もすべて剝いだら、どれほど愛らしく美しくなるか、今から楽しみだ」

そしてアズィールは目を眇《すが》めた。

「先に忠告しておこう。このアンクレットは、お前が俺の花嫁だという証だ。まだ国王へのお披露目も済んではいないから、婚約指輪とでも考えたらいい。だが、俺の宮であるこの一角からお前が一人で勝手に一歩でも出た途端、アンクレットはまったく違う意味を持つ。お前は世にも恐《おそ》ろしい目に遭《あ》うだろう」

黒い瞳には厳かな光が灯《とも》っていた。異国の王宮の、どこかおどろおどろしい仕来りを聞かされて、青は怯えてこくりと喉を鳴らした。アズィールが微笑する。

「大丈夫だ。俺は自分の花嫁を恐ろしい目に遭わせたりしない。お前が俺の言葉を素直に聞き入れればいいだけのこと」

「そん、な、勝手な……！　俺は、日本に帰りたい。帰らなきゃ……！」

この国と青はまったくの無関係なのだ。第一、王宮とか、花嫁とか、――初夜とか、そんな言葉、受け入れられない。

だが実際に、青はこんな風に衣服を剝ぎ取られ、同性にベッドに組み敷かれている。抵抗すれば、返ってくるのは打擲《とうてき》ではない。甘く柔らかいばかりのキス、そして愛撫《あいぶ》なのだ。

「ああ……、ん……」

アズィールは手の平で青の後頭部を覆い、唇を深く重ね、もう一方の手で、先ほど青がおかしな反応を得た乳首を擦る。

「……いや、あぁ……」

「諦《あきら》めろ。俺をこうまでそそるお前の罪だ」

アズィールは青の耳元でそう囁《ささや》くと、アンクレットをつけた青の右足を片手で摑んで掲げるように持ち上げた。捕まった野うさぎのような格好のまま、青はオイルで濡らされた股間《こかん》を晒している。

「濡れるといっそう艶めいて見えるな」

青はかっと赤面した。

「これはただのオイルだ。大丈夫だ、――すぐに熱くなる」

空になった瓶を、横着にも床に投げ捨てる。

からん、という音を聞きながら、青はアズィールに抱き竦められる。アズィールは性急に、青を高め始めた。自らの衣装を少しずつ緩め、素肌を合わせ、再び唇を重ねる。

「んん……、ん……！」

青は、キスをするのでさえ初めてだから、その巧緻《こうち》などよく分からない。唇が、舌が、こんなにも柔らかくて、絡め合わせると気持ちがいいものだなんて、知りもしなかった。

「…………はぁ……っ」

唇が離れると、熱っぽい吐息が漏れる。

頭の芯が痺れていく。アズィールが唇に、痺れ薬を仕込んでいたのではないかとすら思う。彼に誘いかけられれば自分からつい、口を開き、吸って貰《もら》うために舌に差し出してしまう。抵抗しなくては、逃げなくてはという危機感が遠ざかっていく。繰り返される口付けに、まったく恐怖を覚えなくなっていた。

それが、花嫁に対するアズィールの、最初の手解《てほど》きだった。

「はぁ……、あ……っ」

「可愛いな、青。キスが好きか？」

こめかみに唇を押しつけられ、オイルで濡れた下肢《かし》を膝《ひざ》で軽く擦り上げられた。

「あ……！」

青はひくん、と喉を仰け反らせる。信じられない。

こんなに訳の分からない状況にいるというのに、青の性器はアズィールのキスに反応して、立ち上がろうとしている。もちろん、アズィールはその反応を見逃さない。

「ああっ」

大きな手の平で反応を始めた性器を握り締められた。通学に、アルバイトに、世話になっている伯父夫婦に気を使い、心身ともに毎日疲弊して、自慰などろくろく行ったことがない青には他人の手の平は衝撃の感触だった。

「ん……………ん」

「キスで感じてたんだろう？　いやだいやだと言ってばかりの癖に、割合にいやらしい体をしてるんだな」

半泣きで震えている青に、快楽に溺《おぼ》れるのは何も悪いことじゃないと囁きかける。

「花嫁に淫奔《いんぽん》の性《さが》があるなら、男はそれに応《こた》えるまでのこと」

手の中のそれを、ゆるゆると上下に扱かれる。単調な愛撫なのに、青のそこは単純にも血を募らせ、色を赤くする。

「………いや、………いや、あ」

快感が足元から立ち上り、青は怯えてかぶりを振る。透明な先走りが冷たいオイルと交じり合い、生温く青の内腿を濡らしている。

それは素肌を伝い、足の間の奥へ奥へと流れ込む。

愛撫を受けている性器、その後ろにある柔らかな塊《かたまり》。もっともっと奥にある秘密の場所にまで、オイルが流れ込む。アズィールの指先がそこに触れた。濡れそぼった場所に触れるくちゅ、という水音を聞いて、青は羞恥《しゅうち》のため、真っ赤になった。

「ああっ」

「――どうした？　青」

優しく尋ねられるが、アズィールの指先はそこから離れようとしない。それどころか、指の腹で甘だるくなぞり、いっそうオイルを馴染《なじ》ませようとする。

「ど、して、……や………！　どうして、そんなところ……っ！」

「知らないのか？　お前は今からここに俺を受け入れる」

「………な……」

信じ難い言葉を聞いて、青はかぶりを振り、必死に拒絶を示すが何の効果も得られない。アズィールは安心させるように青の髪に恭しく口付けた。

青は涙をいっぱいに溜《た》めた目で、アズィールを見上げている。アズィールが優しく微笑した。

「青、何も恐ろしくはない。自分の花嫁を惨《むご》く扱う男がいるか？　少なくとも俺はその類の男じゃない」

――でも、でも――

青は体を震わせ、泣いているばかりだった。もう意地も何もあったものではない。他人に触れられることは、青には恐怖でしかなかった。他人の手は、青を突き飛ばし、叩き、殴るためにあるもの。

今まではずっとそうだった。他人にとって、青はずっと忌《い》むべき存在だったから。

「可哀想《かわいそう》に、何を震えている？　青、今は何も恐れるな。お前はただ、俺が与える快感に溺れていればいい」

そう囁きかけられ、愛撫が再開された。アズィールは、青の足をMの字にしっかり開かせると、先ほどのオイルを何度も何度も蕾《つぼみ》に塗りこめる。そうしてふっくらと潤ませ、柔らかくして、やがてアズィールを受け入れるためにだ。

一方で、アズィールは唇で青の体の方々を愛した。耳から首筋、鎖骨を舌先でくすぐり、――その濡れた感触を期待して震えている乳首を、そっとつつく。

「あっん！」

思わず大きく声を漏らしてしまう。アズィールは気をよくしたのか、乳首をそのまま唇に含み、舌先で何度も何度も舐め上げる。

「……こちらの感度もいいな。もうこんなに尖《とが》った」

そう言って、軽く歯を立てられる。その途端、つうん、つうん、と弱い電流のような官能が体中を駆け抜け、青は体温を高める。自分の体がめちゃくちゃになる恐怖に怯え、青はしっかりとシーツを握り締めていた。

「う……っん、あああぁ……っ」

「……触れることにも、触れられることにも、まるで慣れていない。心も体も、丸きり赤ん坊みたいな清らかさだ」

だがこちらは充分に潤った、とアズィールが囁きかける。

硬く襞《ひだ》を合わせていた蕾はしとどにオイルを含み、ぽってりと重たく感じるほどだった。丁寧な愛撫に少しずつ綻《ほころ》び緩んで、ほんの少し覗いた粘膜の色を、アズィールは赤い薔薇に例えて青を真っ赤にさせる。

「やだ……っ」

アズィールは蕾の表面を二本合わせた指で優しく擦り上げる。アズィールが言うその花びらのような場所に、時折彼の指の腹が、青の浅い部分に潜り込む。

「や……っ、やぁ……、ん……！」

潤った粘膜は酷く敏感だった。擦られると、そこがひくひく開閉するのが分かる。アズィールはすっかり充溢《じゅういっ》している青に指を絡め、先走りで指を濡らす。そうしてとうとう、蕾に指を一本、侵入させる。

「あ……！」

青は目を見開き、大きく息を吸った。表面は潤っていたものの、隘路《あいろ》を広げられる異物感はやはり異様だった。何かを蹴り飛ばそうとするように、開かれた足ががくがく痙攣《けいれん》している。

「やめ……！　やめて………！」

「痛くはないだろう？」

「や……っ、きもちわるい……」

「はっきりとモノを言う奴だ」

しかしアズィールはそれが不愉快というわけでもなく、却《かえ》って面白そうにしている。閨《ねや》で睦言《むつごと》も言えず、不慣れな状況に怯え切っているくせに、頑《かたく》なでいようとする。その様子がアズィールには何故か好ましいようなのだ。その意地がいつまで続くものか、青にも分からない。

「ああっ」

アズィールが指を前後に動かし始めた。オイルで蕩け始めている襞が、くちゅくちゅと水音を立てている。

「そんな……、そんなにしたらダメ、中、熱い……っ、あつ……」

青の抗議にも拘らず、指は一本から二本へと増やされる。

「お前の体が誘ってる。一本じゃ足りない、二本でもいや……破瓜《はか》もまだなのに、ずいぶん行為を完全に拒否しているのに、優しくされている体は徐々にアズィールに従順になっていく。

アズィールの言動は意地悪なのに、愛撫は飽くまで不慣れな青を労《いたわ》るものだ。心はこんな

貪欲《どんよく》だ」

三本目が入ったとき、青は声もなく体を仰け反らせたが、指は根元まで収められていた。

「ああ…そろそろ頃合だな」

アズィールが微笑したのは、蕾を暴かれて、いや、と繰り返しながら、青が性器を完全に充溢させているからだ。小さな花にするように、アズィールは青の先端にちゅ、とからかうようなキスをした。

「こちらは後で、充分に可愛がってやる。お前が泣いてイヤだと言うまで可愛がる。その前にお前を一度、味わわせてくれ」

そうして足を大きく割られ、アズィールの逞《たくま》しい腰が入り込む。アズィールは完全に自分の衣装を解いていた。それは太陽の厳しさに鍛えられた若い男の体だった。一見細身に見えて、必要な場所にしっかりとバランスよく筋肉がついている。一国を統べる一族に名を連ねる、気高い王子の体——

「あ、あ……」

青は完全に打ちのめされ、抵抗する気力を失ってしまった。

「青、俺の花嫁」

アズィールは青の手を取り、恭しく手の平に口付ける。

青の乱れた吐息と、ベッドの下を流れる水音。何を言うでもなく、アズィールは青を見下ろしている。

「俺はお前と出会えるのを待っていた。誰が思うより、お前が思うより、ずっと、――長い間だ」

それは切なく、悲しくなるような告白だった。どういう意味なのかと問うより早く、アズィールが動く。青の両手首をしっかりとシーツに縫い止め、腰を進めた。

「……………――!!」

灼熱《しゃくねつ》が、いきなり青を一気に穿《うが》った。暴かれる痛みと苦痛が一気にやってきて、青は大きく体を仰け反らせる。

「――あああああっ!」

あずま屋に青の悲鳴が響き渡った。

アズィールが腰をいっそう深く押し進める。青の閉じた目から涙がどっと溢《あふ》れた。

身の内に入り込んだ灼熱が何であるのか、青はよく理解が出来なかった。それでも何故、こんなことをされるのかは分からない。

「ううっ、あ!」

逃げようともがくと、それだけで下肢に苦痛が生まれ、汗が噴き出した。

「お願い、おねがい……！」

青は自分を蹂躙《じゅうりん》する相手に、必死に哀願した。

「酷いことはもうしないで……ちゃんと、言うことを聞くから。ちゃんと一人でいるから……」

今まで、周囲の人々は青にそれを強《し》いた。不吉な、薄気味の悪い生き物である青に、傍に寄るなと手酷く突き放した。

アズィールもその意図で、今、青を痛みと恐怖でもって脅しているのだと思った。銃声で森の害獣を追い払うように、自分は青い目の化け物として、この王子様に退治されているのだろうと思ったのだ。

「誰にも近寄ったりしないから。酷いことはもうしないで……」

自分で望んでこんな瞳に生まれた訳ではない。それでも、この瞳のせいで皆が自分を嫌い、酷い言葉を投げ付ける。だからせめてもう、傷付かないようにずっと一人でいようと思った。自分が奇異であることを認め、誰も怖がらせないよう、下を向いて一人きりでいようと決めている。

だから傷付けないで欲しい。痛いことも、怖いことも何もしないで欲しい。

泣きながら許しを請う青を、アズィールはじっと見下していた。その眼差しが労しげなものだとは、青は気付かなかった。

「青、目を開けてみろ」

「…………………」

「青?」

「……いや」

くすっと笑う気配があり、唇にキスが落とされる。腹の中にアズィールを入れたままだ。

「見ないで。怖いっていうなら、もう……」

「青、酷いことはもうしない。お前が嫌がることは何もしないし、言わない。目を開けてくれ」

何度か囁かれて、青は薄っすらと目を開けた。涙が流れるとともに、自分の右目に変化が訪れていることを感じる。そこが変色するとき、ぼんやりと熱を持つのが常だからだ。

「………こんな美しい宝石は、どの国でも見たことがない」

アズィールは感嘆するように溜息をついた。

「青。お前は間違いなく俺の『青い宝石』だ」

そう言って、繋がっている場所にもっと熱をもたせるよう、激しく腰を使い始める。ねっとりと粘膜をこねるように、アズィールが青を嬲《なぶ》った。

この器官は、こんな風に何かを受け入れる場所ではないはずなのに。それなのに何故か痛みばかりでもない感覚が身のうちから起こるのを感じる。

それは青がこれまで知らずにいた感覚。交接することで得る、官能だった。

「——————！　——————！」

まともな言葉を口にすることがもう、出来ない。

「……綺麗だ。俺の花嫁」

アズィールの動きが、滑らかになる。青の意思より、体はずっと従順だった。アズィールはこういったことにはかなりの手練《てだ》れのようで、青の慣れない体は呆気《あっけ》なく陥落してしまった。

絶対に許せないのに。勝手なことばかりするこの傲岸《ごうがん》不遜な王子が絶対に許せない。忌《い》み嫌った右目をあんな風に褒められても、それはきっと彼の気紛れに過ぎない。こんな奇妙なモノを、誰が本気で綺麗などと思うだろう。

けれど今青を押し包む情熱は本物だった。

アズィールは青を深く深く、貪欲なほどに味わう。

「あっ、あ、あっ、あん！」

アズィールは一刻の休みも与えず、青を快楽で責め立てた。熱い内壁をいっそう熱い欲望で擦り上げられ、かき混ぜられて、青はいつの間にか思わぬ甘い声を漏らしていた。

「あ……っ、あ……ん！」

声を堪えるために、夢中でアズィールの体にしがみつく。

「いや、いや、ああ……っ！」

頬を紅潮させ、全身に汗を滴《したた》らせる青に、アズィールは賞賛するように囁きかけた。

「いい子だ、青。俺の名前を呼ぶといい」

「あ、ん……！」

青は大きく肩を喘《あえ》がせた。ずん、と最奥を突き上げられたのだ。

「そうすればもっと、快《よ》くなる」

もうまともな理性など残っていない。青は訳の分からないまま、自分を蹂躙する男の名前を呼び続けた。名前のまま、片目を青く染め、自分を犯す男の言いなりになる。その羞恥も屈辱《くつじょく》も、今は感じない。

官能は元より、自分を戒める呪縛《じゅばく》からの解放は堪らない快感だった。

「アズィール、アズィール……」

「可愛いな。お前は可愛くて綺麗だ」

アズィールが腰を使う度に、しゃら、しゃら、と音が立つ。

それはアズィールが青を穿っている証だ。サファイアが鳴く度に、青の体に官能がひた寄せる。限界が間近だった。

「ああ……、ダメ、もう……っ、アズィール……！」

震えながら、アズィールによりしっかりとしがみつき、拙《つたな》い仕草で腰を揺らす。

青は血の気を募らせた性器を、無意識のうちにアズィールの腹の辺りに擦りつけていた。

切ないほど高ぶったこれをどうしたらいいのか分からなかったのだ。アズィールは青の無知を笑うでもなく、分かった、と答えてくれる。

青の高ぶりが、アズィールの手で優しく包み込まれる。先端から滴る雫《しずく》を性器全体に塗り込めるよう、アズィールは青を愛撫した。

「ん、んん、んんっ……」

内部では抽挿を受け、性器は絶頂に向かって擦り上げられる。青は自ら目を開け、アズィールの黒い瞳を見つめていた。

「――――あ……――――!」

堪らず達した数拍後、アズィールが息を詰めたのが分かった。いつもは冷たく冷えた体の奥に、他人の情熱を感じながら、青は意識を失った。


青の右目の異変は生まれつきのものだと聞いている。

青の母親は、片田舎の、それなりに名前の通った家の末娘だったが、地味な田舎の生活を嫌って、男と共に東京に出て、ホステスをしながら派手な生活をしていたそうだ。相当に美しい人だったそうで、銀座のクラブでも何人もの上客がついていたという。

しかし、楽しい毎日を送る間に、彼女は若く貧しい恋人との子を孕んだ。堕胎《だたい》する、しないと父親である男と揉めている間に、青は生まれ落ちた。

右目の異常は、生まれてすぐに現れたらしい。

父親は幼い子供がいる生活を面倒がってさっさと母と別れ、青は母に四歳になるまで育てられた。母は青の目の異変を嫌っていた。

化け物、あんたみたいな気味の悪い子、欲しくなかった――

母親からのありとあらゆる暴言と暴力は青の心を傷付けた。けれど、彼女を憎むことは出来なかった。自分の右目が母親を怖がらせ、悲しませているのも分かっていたからだ。

青の異常は右目の変色だけだ。それ以外は、他の幼子と何も変わらない。つまり、本能のままに両親を慕い、その愛情を欲する幼児に過ぎなかった青の柔らかい心は、母親によって徹底的に傷付けられた。

結局、まだ若く、遊びたい盛りだった母にとって、青は邪魔でしかなかったのだろう。母は田舎にある実家に戻り、青を祖母に預け、また自分一人東京に戻って行った。その後の行方は分からない。

田舎での生活が始まっても、青の毎日はそれほど変わらなかった。

興奮すると目の色が変わる子供。

その噂はあっという間に周囲に広がり、青は近所の子供たちから徹底的にいじめられた。そして涙を零すと髪を摑まれて無理やり上向かされて、本当に青くなった、気持ちが悪い、と散々に罵られるのだ。

祖母は、深水の家では遥か昔、西洋人との間に子供を設けた者がいたと話した。真っ青な日をした赤ん坊は不幸にも病気で亡くなったと言われているが、もしかすると異形の子だからと秘密裏に葬られたのかもしれない。深水の家に時折、こうして青い瞳を持つ子供が生まれるのは、その赤ん坊の悲しみの表れだろうと、重い口調で語った。

原因がなんであれ、青の目は医学的にも治療できるものではないと分かった。

自衛手段として、青は決して自分の気持ちを高ぶらせないようにして過ごした。友達も一切作らなかった。誰にも構われないように、悲しさも怒りも、喜びも決して覚えないように。

そうして、中学を卒業すると祖母の住む家を離れ、高校からは東京の伯父夫婦の家に居候させてもらえることになった。

都会に住む方が将来的にも選択肢が広がる、自分たちには子供もないし、血縁者なのだから引き受けるのは構わない。伯父と伯母はとても気のいい人たちで、子供の頃に母親に捨てられた青に心から同情を抱いてくれたようだ。だが、青の右目の秘密は聞かされていなかったらしい。青もまた、自分から告白をしなかった。

居候させてもらって二ヶ月もした頃、伯父伯母夫婦が青を持て余し始めているのを感じた。十代半ばの少年というのは、たいてい潑剌《はつらつ》として元気があり、家を明るくする存在だ。だが青はいつも陰鬱《いんうつ》に俯《うつむ》いている。最初ははにかんでいるだけだろうかと好意的に思ってくれていたようだが、伯父らが親切にしてくれればくれるほど、嫌われたくなくて秘密を告げるつもりにはなれなくて、青は徹底して無表情で、最低限の言葉しか話さなかった。

伯父夫婦ががっかりしていることは分かった。

本当に優しい人たちだったから、青は、とにかく自立を望んだ。せめて高校は卒業して、自分の面倒は自分で見られるようになっておかなければ、周囲の人たちの負担がもっと増えると思ったからだ。

通学は続けながら、繁華街で歳を誤魔化して働いた。いつも俯きがちで、目を隠すために前髪は少し長めに伸ばした。感情を高ぶらせないよう、悲しいことからも、嬉しいことからも、一切自分を遠ざけた。

世の中には楽しいこと、美味《おい》しい食べ物、素敵な人が溢れ返っているだろうに、青は一人、その世界から取り残されている。それでもいいと思った。もう誰かに嫌われ、傷つくことさえなければ。

自分を厭う言葉をもう、聞きたくなかった。

それだけが唯一の願いだったのに、この奇妙な片瞳は青の意志を裏切り、とうとう、こんな場所にまで青を連れて来てしまった。

中東の、太陽を崇《あが》める王国。トラハルディアに。


目を醒ますと、青は室内にいた。

重厚な天蓋が目に入る。水音は聞こえない。例のテラスにあるあずま屋とは違い、どこか屋内の、寝台で眠らされていた。無駄なほど広い部屋は西洋風の調度が設えられている。あのあずま屋も佇《たたず》まいが相当に贅沢なものだったが、この部屋も恐ろしく豪奢《ごうしゃ》だった。

縦長に長い部屋で、左右にはずらりと尖頭《せんとう》アーチ型のはき出し窓《フランス》が並んでいる。その外に、花園が見えた。壁は下方が象牙《ぞうげ》色の漆喰《しっくい》、上方には青い唐草文様のタイルが貼られ、滑らかにカーブして、ドーム型の天井を成していた。中東と西洋の雰囲気の、完璧《かんぺき》な融合。建築や内装のことなんて青にはほとんど分からないが、もしもこれがあの――アズィールの好みだとすれば、美意識が恐ろしく高いということくらいは、理解出来る。

開け放たれた窓の向こうには強い日が差している。日本とは違う、灼熱の日差しだ。

あの視界いっぱいに広がる夜の砂漠。あの茫漠たる途方もない広さは、まだ強い衝撃を青の中に残している。間違いなく、青は今、外国にいるのだ。

そして――

青はベッドの中で、どうにか身じろぎした。途端に、体の内側に慣れない疼《うず》きを感じる。

「…………っ」

そう、自分がどこにいるのか、という不安は、あまりにも強烈な体験を経たために最早霧散してしまった。異国の王子と名乗る男に日本から連れ去られ、無理やり抱かれた。それは、間違いのない現実だった。

吐息を繰り返しながら、青は自分を叱咤《しった》して体を起こす。様々な体液に濡れたはずの体は、綺麗に清められていて、不快な部分はない。衣装も着替えさせられている。

袖のない、膝丈《ひざたけ》の涼しげなプルオーバーで、中央に三角に切れ込みの入った襟ぐりの辺りに凝った刺繍が施されている。清拭《せいしき》や着替えの記憶は一切ない。まさかあの、尊大なアズィールが意識のない青の世話をしたのだろうか。確か、発熱していたときには手ずから看病したと言っていたが――

そんなこと、どうでもいい。どちらにせよ、そこに青の意思はない。

怒りと屈辱が胸に込み上げる。悔しい。呼吸が荒くなり、また、自分の右目に熱が集まり始めるのを感じた。

綺麗だとか、可愛いというアズィールの熱っぽい囁きが耳元で蘇《よみがえ》る。ざっと素肌を熱波が駆け抜けた。

無責任な賞賛に、いっそうの憤りが募る。何も知らないくせに。

青は本当は、嫌なのだ。

片目に風変わりな特徴を持っているからといっても、心が他の人々と違っているわけではないと思う。奇異の目で見られればそれだけで傷付く。怒らせてやろう、泣かせてやろうと面白半分に苛《さいな》められて、散々ぼろぼろにされて、やっと思いついた自衛手段が自分から感情を消してしまうことだった。

そうして何とか、平穏な日々を送っていた。

アズィールは気紛れに、それを青から取り上げたのだ。彼の指や唇に、昨晩惑わされたことを思うと、いっそう悔しさが募った。

青はベッドから下りた。一瞬ふらついて、そのまま膝をつきそうになるが、何とか堪えた。あんな奴のせいで、跪《ひざまず》いて堪《たま》るものか。

見れば、ベッドの天蓋から細いが強靭《きょうじん》そうな鎖がぶら下がっている。ベッドの装飾だろうとそれを摑み、床に真っ直《す》ぐに下り立つ。

方法はまだ分からないけれど、とにかくここを出るのだ。絶対に、日本に帰る。青はふらふらと部屋から出た。だが、あっという間に迷ってしまった。青がいるこの建物は、想像も出来ないほど複雑な造りになっていて、まるで迷路だ。どの部屋も、どの回廊も人気がなく、整然と整えられていて、もといた部屋に帰ることもままならなくなった。

「……どうなってるんだろう……」

こうなると、何もかもアズィールの悪意だと思えてしまう。青は心細さを振り切って、傍の窓に駆け寄った。そうだ、いっそ外に出てしまえばいいのだ。だが、窓に手をかけたその時、角を曲がってきた男とぶつかってしまう。

「――おっと」

青は息を呑《の》んだ。

この広い建物で、とうとう出会った他人。それはアズィールではなく、揃いの制服を着た女性を五人従えた、金髪に翡翠色の瞳をした青年だった。髪は剝《む》き出しのままだが、アズィールが着ていたものと同種の民族衣装を身につけている。

「これは失礼。麗しの花嫁殿。ブランチの準備が整ったので迎えに上がるところだったが、もうお目覚めだったか」

怯えた青は返す言葉もなく、窓に身を寄せる。アズィールも美形だが、この青年も相当なものだ。それに、この声、この雰囲気を、青は知っている気がする。

青の表情から、尋常ではない緊張感と、警戒心を読み取ったらしい。青年は背後に従えた女性らにはここで下がれ、というように右肩越しに軽く左手を掲げる。

「失礼。アズィール殿下の友人、メルリアムです。どうぞ、メルとお呼び下さい」

メルリアム。そうだ、あの薄暗い繁華街で、アズィールと一緒にいたのは彼だ。

「どうぞこちらへ。先ほどの女官たちに湯浴みと着替えの手伝いをさせましょう」

「いいえ」

青は大慌てでかぶりを振った。そして思い切って顔を上げる。この深い緑色の瞳を持つ彼が、敵か味方かまるで分からないけれど。それでも、青には他に頼る人がいない。

「いいえ、そんなことはどうでもいいです。あの、俺、日本に帰りたいんです。ええと、あの、あの人は……」

「アズィールのことかな」

メルリアムが穏やかな微笑を見せた。敬語を解かれたことで、青はほっと安堵《あんど》する。恭しく扱うことで、却って警戒すると気付いてくれたのだ。この人は、アズィールとは違う。ちゃんと自分の心を汲《く》んでくれる。

「アズィールはあれでもこの国の後継者候補なので、色々と公務があるんだ」

「あんな、不真面目でいい加減な人が、公務？」

青は一瞬で、敵愾心《てきがい》を露わにした。

不真面目でいい加減、という率直な言葉に、メルリアムは弾《はじ》けるようにして笑った。

「あいつはああ見えて、聡明な上に大変な努力家だよ。語学は堪能、政治にも秀でていて、何人もの学者を呼んで、さらに勉強を重ねている。王位継承者としては当然のことだと言ってね」

王位継承者。その言葉は青には慣れない、ものものしい響きを持っていた。

「君がこの国に連れてこられたのも、アズィールの立場と色々関係している。話すと長くなるから、先に食事をするのはどうかな？」

青は大きくかぶりを振った。こんな状況で、飲み食いなどするつもりになれない。青の警戒心を刺激しないよう、メルリアムは鷹揚に頷《うなず》いた。

「いいだろう。君の納得がいくよう、先に君の立場をきちんと知らせておくべきだね。確かに、君の瞳はとても綺麗で、あれが虜《とりこ》になるのも納得がいく。だけどそれだけじゃない。あいつには君が必要なんだ」

あいつ、とはアズィールのことだろう。アズィールとメルリアムはかなり近しい仲にあるようだ。そして、一瞬青の胸の奥に柔らかく触れた言葉。

「必要……？」

「アズィールと、その兄上――トラハルディア王国第一王子、セフィルト殿下は、一ヶ月ほど前からこの王宮を離れて、世界を一周する旅に出ていた」

「あ……外交のための航海だって……」

「その通り」

褒めるように、メルリアムが頷く。

「トラハルディアの未来のため、二人の王子が見聞を広めるため、世界各国の人々と交流を深めるために」

――ここで、メルリアムが大切な事実を伏せたのだが、青はもちろん気付くことはなかった。

その旅の途中、航海に飽きたアズィールはメルリアムを連れて、東京を探検するために地上に降りた。そこで、青と出会ったのだ。

アズィールは青を見、恋に落ちた。そしてこれこそが自分の花嫁だと直感し、この国に連れ帰った。

自分の花嫁をすぐにも披露しようと意気揚々としていたアズィールだが、折り悪く、父である国王やその家臣たちは、一年に一度の行事、祈禱の七日間に入ってしまっていた。それは老巫女たちがいる西の神殿に籠《こも》り切り、七日間絶え間なく太陽神への祈りを捧げる神事のことだ。七日の間は西の神殿からは決して出られず、無論面会なども許されない。

従って、アズィールが連れ帰った花嫁のお披露目は国王の祈禱の七日間が明けて行われる式典までお預けだ。青はまだ内密に、アズィールの宮に置かれているのだ。

――花嫁。青は眩暈を感じた。

「花嫁って……、だって、俺は、男で……」

「それはあまり関係ないかな。この国はかなり享楽的な風土があって、暗黙の了解で同性愛はそれほど厭われていない。王制が敷かれている国だけれど、そういう意味では万人平等、非常に自由なんだ。お陰で明らかに外国の血が混じっている俺でも貴族の子息として堂々と王宮内を歩いてる」

青ははっとした。

確かに、メルリアムの容姿はこの国では異端だろう。だが、差別的な扱いは一切受けていないという。

「過去、隠密に同性を正妃や妾妃にした国王が何人もいたし、君はひた隠しにしていたようだけど、我が国の王族貴族のどの令嬢よりも愛らしい姿をしている。その瞳のことを除いても、アズィールが、自分の花嫁にしたいと惹かれたのももっとだろう」

「違う……っ」

青は思わず顔を上げ、きっぱりと否定した。

「あの人が俺をこの国に連れて帰ったのは、俺が珍しかったからでしょう？　どうせ船旅に飽きて、早く国に帰りたくて、たまたま熱を出してた俺を見付けて、……そうすれば看病するっていう言い訳も出来るから連れ帰ったんでしょう？」

「確かに、あいつのあの軽佻《けいちょう》浮薄《ふはく》な態度を見れば、そういう誤解を抱いても当然だとは思う。でも君たちが出会った瞬間に立ち会った者として言わせてもらうよ。アズィールは、君に本気で惚《ほ》れ込んでると思う。何しろ、発熱して意識のなかった君を看病し続けたのは彼《か》の君だからね。この王宮に着いてからも、女官は一切退けて、手ずからタオルを絞って君を看病し続けた」

それはせっかく見つけた面白い玩具を誰かに壊されてはつまらないから、という執着心だろう。顔を背ける青に、それでもメルリアムは言葉を重ねる。

「これまでの恋人も、会うのはせいぜい別の宮にある仮の寝室だけで、この宮の本寝室や、ましてやあいつの気に入りのあずま屋で眠らせたことなんて一度もない。誰かを慈しむ喜びに目覚めたんだよ」

そんなこと、知らない。青は手をぎゅっと握り締めた。

「でも、俺はあの人は好きじゃないです。花嫁とか、世界を巡る旅とか、——それはこの国の勝手な問題でしょう。俺を巻き込まないで下さい。俺は日本に帰ります」

頑《かたく》なに言い募る青に、メルリアムが微笑《ほほえ》む。

——見た目の割りに気の強い。おかしそうな呟きが聞こえた気がした。

「それは無理かな。アズィールの許可が下りてない」

「俺はこの国の人間じゃありません。あの人の命令を聞かなきゃいけない理由なんかない」

「だけど君は、それほど急いで日本に帰らないといけないのかな」

青は顔を強張《こわば》らせた。メルリアムの緑色の瞳は何もかもを見透かしているようだった。

「どういう意味……」

「失礼ながら、君の素性はすべて把握させてもらっている。何しろ俺は、あの勝手気ままで奔放な王子様のお目付け役も兼ねているので。いくらあれが気に入ったとはいえ、素性の分からない者をこの宮に置いておくわけにはいかない。帰ると言ったって、どこに帰るつもりなんだい？」

「どこって、家に……」

「君の居所はもうどこにもない。この国の、アズィールの傍以外には」

青が日本を離れて二日が過ぎている。それなのに、日本では青の捜索は始まっていないとメルリアムは言った。

「君がいなくなったと言っても、君を探している人間も、君を心配する人間も皆無だ。誰も君を探してない」

メルリアムが何を言わんとするか、青には分かった。

日本に帰っても、何もいいことはないだろう？

厭われ、好奇の目で見られるばかりで、幸福でなどなかっただろう？

メルリアムはそう言っているのだ。青がいた環境を完全に把握している。

何か反論しようと大きく息を吸い込んだが、言葉にならない。こんな理不尽な話があるだろうか。訳の分からないまま異国に連れてこられて、体を犯されて、大嫌いな――この目の、秘密の色を好きなように露わにされて。

青く右の瞳を光らせて、憤りと悲しみを堪えている青に、メルリアムは滑らかな仕草で頭を下げた。

「悪かった。心からの謝罪を」

恭しくそう告げる。

「君を傷付けるつもりはなかった。ただこちらの事情を、君に知ってもらいたかっただけだ」

「…………」

「この国は、確かに君からすれば異世界だろうけれど、それほど悪い場所でもないことも知って欲しい。この国は、君の片目が青いからと言って君を迫害するような、懐の狭い国じゃない」

それはずっと排斥されて来た青にとっては理想の楽園そのものだ。異形の者としての悲しみをもう背負わなくていいのだ。

自分でさえ厭わしいこの目を、きれいだともしも言って貰えたらどんなに幸福だろう。

そして、メルリアムは青に向かって手を差し伸べる。

「アズィールが公務から戻ったら、これからの君の待遇について話し合おう。国王陛下の祈禱の七日間が明けるまであと五日。どうしてもと言うなら一度日本に帰っても構わないか、アズィールに尋ねてみよう。さあ涙を拭《ふ》いて。温かい食事をとれば、気持ちも落ち着くよ」

だが、メルリアムの手を、青は思い切り振り払った。王子様が自分に恋をしているとか、花嫁だとか、そんな話は絶対に信じられない。

今、もう一度彼らのもとに戻ったら、きっと青く変色する右目を持つ奇妙な生き物として、あの王子様に飼われることになるに違いない。まるで何かの童話に出てくる、二本の尻尾《しっぽ》を持つ猫みたいに。

「いや!!」

さっき手をかけた窓を今度こそ開け放つ。そうして、メルリアムの制止の言葉も聞かず、屋外へと飛び出した。

足首のアンクレットが、しゃらしゃらと涼しげに鳴り続けている。息がすっかり上がっていた。いったいどれくらい走ったのか分からない。

日差しに焼けた石畳が痛く感じられるくらいに、裸足《はだし》でただひたすら走って、走って。

アズィールの宮とは何か雰囲気の違う場所にきたと思った。造りはそれほど変わらないのに、花の香りもしない、水音もしない。もっと実直で、悪く言えば、無味乾燥な場所だった。

青は建物の近くで足を止めた。追っ手は来ていないようだが、息苦しさと暑さが堪えた。

メルリアムに食事をすすめられたが、確かに青は空腹で、酷く喉が渇いていた。いつから飲み食いをしていないのか、自分で把握出来ていない。

日陰に入ろうと、よろめきながら建物に近付いたそのときだ。背後から突然抱き竦められた。

「ん……っ⁉」

口を大きな手の平で塞《ふさ》がれ、低い庭木の陰へと連れ込まれる。アズィールの悪戯かと思ったが違った。青を捕えているのは、二人の若い男だった。どういう立場にある者なのか、この国の白い衣装を身につけ、指や首に装飾品をどっさりつけている。

一人が青の口を更に手の平で塞ぎ、悲鳴を封じた。石畳に押し倒され、衣服が剝がされそうになる。下着をつけていない尻に湿った手が触れて、青は空恐ろしい危機が迫っていることを嫌でも思い知らされる。

「い、いやっ」

訳が分からず青は闇雲に手足をばたつかせたが、いきなりその足首を摑まれた。一人が、アンクレットを指差し、にやにやと笑っている。男たちの吐息や笑い声に性的なものを強く感じた。

そうだ、アズィールがあのあずま屋で、このアンクレットについて何か言っていた気がする。彼の宮にいるときはこのアンクレットは花嫁の証となる。しかし一度宮の外へ出れば、アンクレットはまったく別の意味を持つのだと。

このアンクレットが、何かとんでもない災いを青にもたらしているらしい。

青の両手が一纏めに摑まれ、一人がいよいよ体重をかけてくる。肌触りを探るように、彼らの手は青の内腿《うちもも》を熱心に撫で上げ、上半身の素肌を晒そうと衣装の胸元を裂こうとする。青は目を見開き、嫌悪と恐怖に悲鳴をあげかけた。

「――――」

凜々《りり》しい張りのある声が聞こえたその瞬間、拘束が緩んだ。男たちが驚いた表情で顔を上げる。青は男たちを押しのけ、胸元を押さえてどうにか立ち上がる。そこで息を呑んだ。

日差しの中、ゆっくりとこちらに近づいて来たのはメルリアムを連れたアズィールだった。険しい表情で、今、青を襲った男たちに何かを告げる。トラハルディアの言語なのだろう。青には一切理解出来なかった。

男たちはうろたえながらも、不満げに青の足首を指差す。サファイアのアンクレットだ。だが、メルリアムも強い語調で応答し、立ち去れという意味か、手を横に払うと、男たちはいかにも物惜しそうに青を見遣《みや》りながら、この場から立ち去った。

乱れ切った自分の衣服を見ると、ぞっと肌が粟立《あわだ》った。アズィールが来なければ、あの男たちに――顔を強張らせている青に、アズィールは呆れたように肩を竦める。

「馬鹿め。だから俺の宮から出るなと言ったのに。寄りにも寄って兄上の宮に迷い込むとは面倒な真似《まね》をしてくれる」

アズィールはこちらに手を伸ばした。サファイアの涼やかな青が似合う、さらりと乾いた、清潔な指先。だが先ほどの男たちの手の感触を思い出し、青はつい後ずさってしまう。

「や……触るなっ!!」

アズィールがむっと眉《まゆ》を顰《ひそ》めた。

「心外だ。今お前を襲った輩《やから》と俺を混同するなよ。あの馬鹿どもは貴族の子弟だ。何の能力もないろくでなしだが、家柄ばかりはいいものだから、この宮に出入りすることを兄に許されている。兄上が航海から戻ったばかりで、今日は酒を交えた乱痴気騒ぎがあったんだろう」

そこで、アズィールはふっと肩を竦めた。

「俺は兄と不仲で、普段は互いの宮に絶対に踏み込まない。稀にこうして騒ぎを起こすとたいそうな面倒になる」

メルリアムから白い大判の布を受け取ると、青の顔を隠すように被せた。放せ、触るな、と暴れる青を肩に担ぎ、舌打ちする。

「そら、面倒がやってきた」

男たちが立ち去った方向から、誰かが近づいて来るのが分かる。

甲冑《かっちゅう》を身につけた衛兵を連れた、アズィールより二つ三つほど年上の男だった。メルリアムが無言のまま膝を折り、金色の頭を垂れた。

「これは、兄上」

アズィールも軽く会釈する。

布の隙間から見える逆さまの視界。真っ白な衣装を着た男は、麗々しく洗練された美貌にあからさまに不機嫌な表情を浮かべている。とても美しい人なのに、どうしてか笑顔が想像できない。空からの日差しさえ凍りつくような冷ややかな空気を感じた。

アズィールは、兄上、と呼んだ。

アズィールの兄。先ほどのメルリアムの話によると、セフィルトという名前の第一王子だ。青は殿上人と接したことはなかったが、その人は王族という言葉に相応しい雰囲気を纏っていた。常に崇められ、高慢で、同じ場所に立っていたとしても高みから見下ろされているような気がする。そんな意味で、アズィールとはあまり似ていないように青には思えた。

性格もそうだが、見た目もそれほど似ていない。兄弟揃って美青年だが、火と水のように、鮮烈な真昼と、月もない静かな夜のように、タイプが正反対なのだ。

「お帰りでしたか。航海ではろくに挨拶もせず先に帰国して大変失礼致しました」

セフィルトは、怪訝そうな顔をした。アズィールが何故母国語でなく、日本語で話すのか不思議に思ったのだろう。

だが、アズィールが肩に担いでいる「荷物」を見て、状況を理解したようだ。アズィールが日本から「花嫁」を連れ帰ったことは、王宮ではすでに知られたことだった。

「ろくにどころか、まったく何の断りもなかったように思うが。お前の気紛れには慣れているつもりだが、東京で姿をくらませて、衛兵隊やパーティーの客を混乱させた挙句、自衛隊

の精鋭機を使って日本に貸しを作った。お前のやることは国賊並みだぞ」

「ご苦言、誠に痛み入ります」

謝罪しながらも、アズィールはどこか不遜な様子でいる。

「それで？　私の宮で断りもなく何をしている？」

「ご友人に失礼を働いたことは謝罪いたします。まだ王宮に慣れないこの者が迷い込んでしまいました。この者は私の大切な宝ですから、無礼かと思いましたが勝手に兄上の宮に入らせていただいた次第」

たいそう挑発的な口調で、兄王子にそう告げる。

「……それがお前が日本で見付けた『青い宝石』か？」

――『青い宝石』？

聞き慣れない言葉に、青は訝《いぶか》しい気持ちで二人の会話に聞き入っていた。

メルリアムが如才なく、剣呑《けんのん》な空気を漂わせる兄弟の間に割って入った。アズィールが言った通り、兄弟は何故か大変な不仲であるらしい。

「セフィルト殿下も、東京の次に行かれた香港で、素晴らしい『宝石』を見付けられたと聞き及んでいます。古の国の末裔《まつえい》で、秘伝の『青い宝石』をお持ちだと」

「――『青い宝石』については国王陛下のおわします場所でご報告奉《たてまつ》るもの。お前たちが私に対して妄《みだ》りに口にするものではない」

「確かに。私とジョサイアが無礼でした」

アズィールはそう言って、優雅な仕草で頭を下げた。

「父上が神殿から出られるまであと五日。式典で兄上が見付けられた『宝石』を拝見出来るのを楽しみにしております。失礼」

アズィールが青を抱えたまま踵《きびす》を返す。メルリアムもそれに従う。

被せられた白い布がひらめく。こちらをじっと眺めているセフィルトの姿を、青は見ていた。


アズィールの宮に帰ると、青はいきなり乱暴に、先ほど目を醒ました寝室へと連れ込まれた。ベッドの上にぽいと放り投げられる。

「いった――……」

「その程度の痛みで済んだんだ。幸運だったと思うべきだな。俺が助けに入らなければ、お前は今頃何人の慰み者になっていたか、分かったものじゃないぞ」

ベッドの上に四つんばいになっていた青は、腕を組んで傲慢な笑顔を浮かべているアズィールを精一杯睨んだ。

悔しくて堪らなかった。

この男の下から逃げようとして、この男に助けられるなんて。

すべての元凶であるアズィールは、しかし何の悪びれもない様子で、頭部に被っていた布を取り、ローブを脱いだ。床に打ち捨てられたそれらの衣装を見遣り、さり気なく背後に控えていたメルリアムが静かに室内から去っていく。

その際、一瞬、メルリアムと目が合った。どうしてか、緑色の双眸《そうぼう》には気の毒に、とでもいうような哀れみの色が浮かんでいた。

二人きりになった室内で、アズィールはゆっくりとベッドに近づく。

「そもそも、お前はいったいどうしてこの宮から出たりしたんだ。ろくな目に遭わないと、警告したはずだったろう」

「や……、や、来ないで下さい」

アズィールが憎たらしいし、大嫌いだ。それ以上に、怖いと思うのも本当だった。あずま屋での一夜。俯きがちに生きてきて、色んな感情や感覚を放棄してきた青に、信じられないほど強烈な官能を与えた彼が、怖くてならない。

「どうして逃げた？　青」

アズィールの節の高い、長い指が青の頬に触れる。青は顔を上げ、彼の指を思い切り払った。真正面からアズィールを睨みつけると、きっぱりとこう言った。

「日本に……日本に帰るためです。だってあなたが勝手に連れて来ただけで、俺は日本人なんだからっ」

「ふうん」

「とにかく、ここから俺を出して下さい……っ」

「無知ほど恐ろしいものはないな、青。それでも俺は、ある程度の知識をお前にくれてやっていたはずなのに」

「こ、こっちに来ないでっ」

青は枕を抱き締めると、咄嗟にベッドから飛び降りた。闇雲にアズィールから離れようとするが、長い腕に容易《たやす》く腰を抱かれる。枕を投げつけると一瞬拘束が緩み、また逃げ出そうとするが、今度は足をかけられて、青はベッドの上に横転してしまった。

――まるで鬼ごっこだ。だが鬼が圧倒的に優位で、ゲームにもならない。

アズィールは青の無謀な抵抗に本気で呆れ返っている。青をベッドに押し倒す、青の細い両手首を片手で易々一纏めにして、しっかりとシーツに縫い止める。

「せめて大人しく話を聞けよ。まったくとんでもないじゃじゃ馬だ」

青は必死にかぶりを振っていたが、アズィールが耳元でそう囁いた途端、何故か、体にじん、と弱い電流のような感覚が流れるのを感じた。くすぐったさにも似た、――官能。青は甘い声が漏れそうになり、きつく唇を噛んだ。

「……んっ」

それだけの反応で、アズィールは青の困惑を察したらしい。ああ、ここが弱かったな、と意地悪く青の耳朶を食《は》む。

「あぁ……っ」

青はびくびくと体を震わせた。昨日一晩で、彼は青の体のすべてを知り尽くしてしまったようだ。

そして青の体は、アズィールの気配を、体温を、声をすっかり記憶している。アズィールの傍にいるだけで、昨晩極まったときのように、体が蕩け出しそうになる。

「お前は日本には帰れない。この宮から出ることすら出来ない。このアンクレットがある限り」

青に伸し掛かっていたアズィールは、青の右足を掴むと、高々と持ち上げる。宝石も、高貴な人の前でならいっそう輝きを増し、その打ち合う音色はより涼やかに思えた。

だが、そこでアズィールが話した内容は、青を完全に打ちのめしてしまうものだった。

「このアンクレットは」

アズィールは青の不安そうな瞳を見つめながら、掴んだ足首に軽く口付ける。

「…………っ」

柔らかな唇の感触に、青は息を詰めた。

「後宮があった頃の名残だ。後宮に入った女は、全員が国王から妾妃となった証としてそれぞれが望む宝石を垂らしたアンクレットを賜ることが出来た。だが、一度国王の妾妃になった者は後宮から一生出ることが出来ない。死ぬまで国王ただ一人に仕えることが定めだ」

後宮。――ハーレムという制度のことだろうか。国王がたくさんの跡継ぎを儲《もう》けるために、城の一角に多くの女性を閉じ込める制度――

「だが国王の命に逆らい、後宮を逃げ出した者は最早慈悲を受けることは出来ない。後宮を一歩出た途端に、妾妃から奴隷の中でも最も身分の低い性奴隷として貶《おとし》められる」

アズィールが何を言わんとするか、青にもだんだん、理解が出来た。アンクレットは国王の情けを受ける証から、逃亡奴隷の刻印へと変わるのだろう。

「誰にどのような扱いを受けようと、一切の抗議は認められない。切り捨てられようと、連れ去られ売り買いされようと、――その場で衣服を剝ぎ取られて犯されようと」

アズィールが目を細める。青はさっき受けた乱暴を思い出して、かっと頬が赤くなるのを感じた。

「分かるな？　このアンクレットをつけて他の宮に入るということは、他の男に犯されても何の文句も言えない。だがどうして可愛いお前をそんな目に遭わせられる？　お前は俺のものだ。俺の、大切な――花嫁だ」

イ・サーフィア。アズィールが口にしたその言葉は、魔法のように青の胸に染み入った。

青は、この王子様の花嫁になる。日本でのつらい体験は、王子様が救いに来るまでの試練だったとアズィールが言う。やっとお互いに巡り合えた。これからはアズィールが青を守る。お前はこれから、誰より幸せになる――

青はアズィールの言葉に聞き入ってしまっていた。

「あ……」

アズィールが唇を重ねてきた。二人きりでベッドにいて、唇を奪おうとする彼の意図はすぐに察せられた。だが青は無我夢中でかぶりを振る。

「いや、嫌……こんなの」

冗談ではなかった。今、ほんの数拍、アズィールに心を預けてしまいそうになったけれど、王子様の懐柔策にのるわけにはいかない。

「嫌だ、放せよ！　もう、あんなことをするのは絶対に嫌だ!!」

「何がそう気に入らない？　お前も、昨日の最後はたいそうな乱れぶりだったぞ？　まるで慣れていない様子なのに、拙いなりに懸命に俺を味わおうと腰を振って……」

「いやっ!!」

そんな話、聞きたくない。青は両手で耳を塞ぎ、しっかりと足を合わせ、何とか体を小さく小さく縮めてアズィールの仕打ちから逃れようと必死でいた。

「俺は、俺は日本に帰るんだから……！　このアンクレットを、外して下さい！」

「断る。お前は俺のものだ。アンクレットの鍵は俺が隠してしまったから探すのは無理だぞ」

それからアンクレットに人差し指をかけると、アズィールはベッドの天蓋を見上げる。下げられていたカーテンの合わせ目から、さり気なく鎖が垂れていた。鎖の先はS字状のフックがついている。

「これが何か分かるか？　青」

「…………」

このベッドで目を醒ましたときに、震える足を支えるためにしがみついた鎖だった。豪奢なベッドの装飾品に過ぎず、何か意味があるなんて考えてもみなかった。

「俺にはお前が可愛くてならないが……二度と、俺から逃げようとは思わないよう、今日はお仕置きをしよう」

「ああっ」

アズィールはアンクレットを思い切り上に引いた。そして、アンクレットをフックに引っ掛ける。そうすると、青の右側の半身が引き摺《ず》り上げられて傾き、尻が上向いてしまう。惨《みじ》めな宙吊りの状態になって、衣服の裾は太腿の半ばまでずり下がっている。両足を合わせることが難儀で、足の間を曝《さら》け出したままだ。

この鎖は少し反抗的な性奴隷を懲らしめるための仕掛けであるらしかった。見た目はただとても煌びやかで、初めてみたときは、こんないやらしい意図などどこにも感じられなかったのに。

けれど、ここは閨なのだ。磊落《らいらく》で享楽的な砂漠の民を統べる王子の、その寝台だ。房事などほとんど知識がない青には思いも寄らないような、みだりがわしい仕掛けがいくつあったとしても、おかしくない。

「メルから聞いているかもしれないが、この国の人間はとかく享楽的だ。性的な禁忌というものが実に少ない。特に王侯貴族は、東西から集まる秘薬や秘具を金と暇に飽かせて蒐集《しゅうしゅう》して仮面舞踏会を開き、披露し合うのが慣わしだったらしい」

アズィールがベッドヘッドに細工のように飾られていた摘《つま》みを引くと、小さな抽斗《ひきだし》が現れる。ベッドに仰臥《ぎょうが》する青からは見えないが、かしゃん、という音に、そこにガラス瓶や小物入れがたくさん入っているのだと知れた。

「ここにも、古くからこの王宮で使われてきた様々な薬や、攻め具がある。お前がこれらを体に受けて快楽にのたうつ様をいずれ見てはみたいが、今日のところはこれを使おうか」

アズィールが手に持っているのは、白い陶器に孔雀《くじゃく》の羽がかかれた瓶だ。それを乱暴にも蓋《ふた》ごとベッドの上に引っくり返す。中から転がり出たのは、ビー玉ほどの大きさの……石鹸《せっけん》、だろうか。何か、甘ったるい花の香りを嗅《か》いだ気がした。

「何、それ……なにを……」

「お仕置き、だからな。そうやって足を大きく開けた姿だから都合がいい。もしもお前がちゃんと俺にごめんなさいを言えたら、その分、今日は昨日以上にたっぷりと時間をかけてお前を愛そう」

「ごめんなさいって……、何で俺が……！」

青は、何も悪いことなどしていないはずなのに。ただ日本に帰りたかっただけなのに。だが抗議をする暇はなかった。

青の股間に、昨日も使われたオイルが垂らされる。金色のオイルは素肌を伝って下へ下へ、昨日散々アズィールを受け入れた蕾の辺りまで、細い触手のように流れ込んでいく。

「や……っ、何……!?」

足を開いたまま固定され、意図の分からない仕打ちを受け、青は怯えた。シーツに膝立ちになったアズィールには、青の秘密の蕾が見下ろせるはずだ。アズィールはそこをじっくりと見つめ、右手の人差し指で触れた。

「や………っ」

「ああ、また硬く口を窄めているな。だが昨晩、あれだけ蕩かしてやったんだから、どうせ中は――」

つ、とアズィールが指に力を込める。オイルの滑りもあり、青はアズィールの侵入を易々と許してしまった。感心したように、アズィールが笑みを零す。

「何て従順なんだ。柔らかく、オイルを含んでしっとり濡れてる。何もしなくとも、お前の方から呑み込んでくる」

「……やだ……っ」

からかわれて、青は無力にも羞恥に頰を染めるしかなかった。

アズィールは挿入した指を焦《じ》れったく前後させながら、青の素肌を味わうように、内腿に唇を滑らせる。

「ああっ！　あ、あ！」

青が悲鳴じみた声を上げた。アズィールが、早速青の官能の凝《しこ》りを引っ掻いたからだ。昨日の情交の折に、アズィールが見つけた場所だった。そこを責められると、快感が全身を走り抜けて、早くも頭の中が真っ白になる。

今もオイルで濡れたアズィールの指の腹がその凝りを強く弱く、愛撫している。触れられてもいない性器は内側からの刺激にすでに張り詰め、透明な涙を先端から零していた。

そうして青の内部を、散々擦り上げ、搔き回し、すすり泣かせておいて、アズィールはいきなり指を引き抜いた。

「あ、ふ……」

自分の中が空っぽになった感覚に、青は困惑する。狂おしい刺激がなくなり、頼りない気持ちになって腰を揺らしていた。

「あ、あ……、あ……」

「……腰が揺れてるな。咥《くわ》え込んでいたものがなくなって寂《さび》しいか」

「ちが……っ」

「そうは言っても、すぐに別のものを咥えることになるが」

アズィールはそう言って、優しく青の裸の胸を手の平でなぞり上げた。青は熱っぽい溜息をつく。

王子様の言動は、どんなに過激でも決して下品にはならない。アズィールはさっき彼がシーツの上にばらまいた小さなボールを一つ、指に取った。真珠色にピンク、紫と白のマーブル、様々な色をしたビー玉に見えるけれど、それをどう使うつもりなのか。アズィールの不埒《ふらち》な表情に嫌な予感がして、腰を捩ったが、逞《たくま》しい腕にしっかりと捕えられている。

「このキューブは、お前の内部から官能を引き出すためのものだ」

「ああっ」

オイルに濡れた蕾に、アズィールがまた指を押し入れる。いきなり二本押し込められても、青はそれをひくつきながらも飲み込んでいた。痛くも苦しくもなかった。寧ろ、悦《よろこ》びを覚えて、性器がじん、と疼き、いっそう潤うのを感じた。

「ん、……ん」

「このキューブは体温で簡単に溶ける。お前の内部の熱に蕩け、粘膜に浸透し、酔わせて、お前を官能へと誘う。いわゆる催淫剤《さいいんざい》と呼ばれるものだ」

「さいいん……？」

分からない、とかぶりを振る青に、アズィールは可愛いな、と目を細めた。

「本当に、お前は可愛い」

そう言いながら汗で濡れた青の額にキスするが、その優しい仕草とは裏腹に、強引な彼の指先は、一つ目のキューブを青の中へと押し入れて行く。

青は拒んでそこに力を込めたが、昨日交わりを教え込まれ、今はオイルに濡れたそこはアズィールの意のままだ。

「あ……、ああ……っ？　どうして……」

慣らされた指とは違う、滑らかでつるりとしたそれは、アズィールの指が退いても青の中に留まった。異物感に力むと、それが気味悪く前後に蠢《うごめ》くのが分かる。

「いや、そんな……っ、そんなの入れたらいやっ……！」

片足を吊られたまま、青は全身でもがくようにして、シーツの上のキューブを払いのけようとした。しかし、アズィールに笑って咎《とが》められる。

「こら、悪さをしない。これはお仕置きだと言ったろう？　そもそも、誰が悪くてこんな目に遭ってるんだ？」

そうして二つ目のキューブが蕾に押し当てられる。それは一つ目より容易く、青の中へと入り込んで来た。新しいキューブを入れられる度に、一番最初に入れられたキューブが、ずるりと奥へと押し込まれる感覚がはっきりと分かる。開かれていく感触に、慣れない青は、体を汗でびっしょりと濡らしながらいや、と繰り返す。

「いや……っ、やあ……」

アズィールの思うがままにたくさんキューブを飲み込まされ、ぽってりと充血している蕾を、アズィールは労わるように指でなぞり上げた。

「さあ青、じきにキューブが蕩ける。そうしたら、お前は薬の効能で今よりずっと素直になる。その足をこちらに向かってより大きく開き、腰を振って俺を誘うだろう」

「そんなことっ、しないよ!!」

悪戯を終えたアズィールが青の顎を指先で取った。青の潤んだ目——青い片目には、悔しいが、はっきりと怯えが浮んでいただろう。

官能を引き出すという薬。このまま放置されたら、自分はいったいどうなってしまうのだろう。アズィールが言う通り、薬の効果でわけが分からなくなり、本物の奴隷みたいにアズィールの足に縋《すが》って泣くのだろうか。

強引で、青を滅茶苦茶《めちゃくちゃ》な、非道な方法で責める男。彼が高貴なる王子様であろうと、懇願など惨めな真似は決してしたくない。青は唇を噛み締め、アズィールを睨む。

「強情だな。だが、そこが可愛らしい」

アズィールは愛しそうに微笑する。だが、「お仕置き」をやめる意思はないらしく、優しげな口調で、惨い言葉を口にする。

「可愛い顔を見せた褒美にいいことを教えてやろう。溶けたキューブは、混ざり合うとお互いの効果をより強く発揮する。お前の中で、お前を淫《みだ》らにする媚薬《びやく》が作られるんだ。俺もどの種類のキューブを何個ずつ入れたか数えていたわけではないから、どんな効果が現れるかは分からない」

アズィールは青の足首に口付ける。艶《なま》めかしいその感触に、青はぞくりと体が震えるのを感じた。

「俺に反抗してばかりいるお前が、その心に反してどうしようもなく乱れる様が見たい」

「い、いや……そんな……」

とうとう、怯えを露わにする青に、アズィールがゆったりと微笑する。

「薬剤の効果から逃れる唯一の方法を教えてやろう。キューブがお前の体温で蕩け切って液体になってしまう前に、全部吐き出してしまえば、薬の効果から逃れることが出来る」

「…………」

キューブを吐き出してしまう。それが何を意味するのか、青にも分かって赤面した。

足の間のすべてを彼の目の前に晒したこの格好で、下腹部に力を込め、無理やり詰め込まれたキューブを排出しろとアズィールは言っているのだ。

排泄《はいせつ》に似た行為を、こんな間近で見つめられながら出来るはずがない。破廉恥な命令を平然と下すアズィールに、青は怒りを感じる。だが、青が強気にアズィールを睨んでいられたのは数秒のことだった。不意に、体の中が火が灯ったように熱くなる。

痒《かゆ》いような、疼くような、どうしようもない感覚。

あまりに熱く強い感覚――それこそ輪郭を持った何かに、責め立てられているかのようだ。

「あぁ……、あ、あ……――!!」

青はか細い声でアズィールを呼ぶ。飲み込まされたキューブをどうにかして欲しかった。せめて、アンクレットをフックから外して欲しい。

青の右腿に手をかけ、前に倒して蕾をいっそう露わにすると、アズィールはにやりと笑った。どんどん、この高慢な王子様に追い詰められている。

「さあ、思い切り息めよ。俺がきちんと見ていてやろう。それとも、俺が指で掻き出してやろうか？　お前の気が済むまで、奥まで何度でもぐちゃぐちゃにかき回してやろう」

「…………………っ」

願望を見抜かれた気がして、恥ずかしさに息を呑む青に、アズィールは平然としている。

「嫌なら自分で何とかすることだ。お仕置きだと言ったろう？　二度と俺の目の届かないところで他の男――兄上に擦り寄ったりしないように教え込まなければ」

「そんなことしないよ……っ」

まるで男好きの淫乱、とでも言われた気がして反論しかけたが、その暇はなかった。体の奥で、変化が起き始めている。固形物だったキューブが、青の体温で蕩け始めているのをはっきりと感じた。青は目を見開き、体を捩らせる。

「ああ……、やあぁぁ………っ」

青は空恐ろしい気持ちに体を竦ませる。怖い。早く、体の中の異物を出してしまわなくてはならないのに。

早くも、力を込めた窄まりが内部から緩く濡れている。アズィールにはどこにも触れられていないのに、体が高ぶり始めている。アズィールが言った通り、その液体は混じり合い、互いの効果を強めて青を狂おしく責め立てる。

内側に何か生き物がいて、過敏になった青の内壁をじりじりと焼き焦がして刺激しているかのように。

「つらいか？　青」

そう言いながら、アズィールは手の平でじっくりと青の鎖骨から胸を撫でる。指先が、右の乳首で止まった。きゅ、と少し意地悪く摘み上げられる。

「あ、あんっ！」

体に力が入り、内部のキューブがぐちゅ、と形を変えるのをはっきりと感じる。そうして青は自分を苛む薬を、自らの内部で作らされているのだ。

「お願い、イヤ……！　イヤ……」

アズィールは構わず、摘んだ乳首をこりりと捩り、それが尖ると満足したように目を細める。

「可愛いな。こんなに小さいのに、固く尖ってまるで小さな果物みたいだ」

今度は唇に含み、舌先で転がし弄ぶ。

「いやあぁ……っ」

「今のままでも充分に愛らしいが……何度も何度も弄《いじ》ってやれば、もっと鮮やかな色を持つだろう。感じやすく、彩りの美しい花を俺がこの胸に飾ってやる」

「やめて……、そんな風に、舐めないで……あっ――」

舐めるなと言った途端、今度は軽く歯を立てられて青はひっと息を呑んだ。強い電流のような刺激が足先まで駆け抜け、体温がどんどん上がって行く。これはアズィールの意地悪だ。わざと青の体温を上げ、キューブをいち早く蕩けさせようとしているのだ。

「青。急がないと、困るのはお前じゃないか？　俺はお前が媚薬に乱れて可愛く鳴く様を見るのは楽しみだが」

青は、アズィールに言われるままに、下腹部に力を込めてみた。だがどうにか形を持って蕾から零れ出たのは最後のキューブだけで、後はもう、すっかり形を変え蕩けて混ざり合っている。虹色の滴りが溢れ出し、とろとろとシーツに滴り落ちた。

「ダメ……、もう……」

「ほら、息まないと、どんどん混ざり合っていくぞ。お前の中は本当に、狭くて――俺も溶けるかと思うほどに熱かった。そうしてうねうねと動いて、俺を奥に誘い込む」

青自身も知らない内部の感触を教えられ、青は羞恥に泣きながらかぶりを振り立てた。

「やめて……もう、やめて」

言葉での辱めにさえ、青は体が熱くなるのを感じる。潤った内部はどんどん緩み、力が入らなくなる。

蜜に塗れたように濡れた蕾が開閉していると、アズィールに意地悪く囁かれた。今はもう形のないキューブは、アズィールが言う通り、青を淫らに翻弄している。

体の中に、火を灯されたみたいだ。熱くて、熱くて、真っ赤に熟したそこが脳裏に浮ぶ。それほど、青がアズィールに与えられた感覚は強烈だった。

もう、我慢出来ない。

例えようのない狂乱の中で、青は涙で濡れた青い瞳で支配者を見上げた。

「助けて、アズィール……」

そう言った瞬間、何故か青は、途方もない解放感に囚《とら》われた。自分を厳しく戒めていた何かから、解き放たれるのが分かった。

感情を高ぶらせてはいけない、右目の変色を見られてはいけない、他人に近付くことも、頼ることも甘えることも何も自分には許してこなかった。

その自戒から今、放たれたのだ。

「アズィール、アズィール、お願い…………！」

「やっと自分から俺の名を呼んだな、青」

黒い双眸を持った王子は、心から嬉しそうに、愛しそうに青の汗ばんだ額に口付けた。

願い事を口にした自分を突き放すのではなく、笑顔で応えてくれる人がいる。その光景に、心が震える。

「昨日一晩愛しただけで、体はすぐに素直になった。だが俺が手に入れたいのは、お前の体だけじゃない」

アズィールは熱っぽく、過敏になっている青の体に触れた。

「ああ…、あ、あ………！」

青は最早、意地も頑なさも捨てて、アズィールに訴えていた。

「奥……、奥が熱い……」

「欲しいのか？　青」

「……うん……」

青は涙を目にいっぱいに溜めて、アズィールの瞳を見つめる。

「奥までいっぱい……、中が、薬で……熱い、から」

舌足らずな幼い少女のように素直に答える。誰かに甘えるのは堪らなく心地よかった。

アズィールは哀願する青を優しく見下していたが、ふと表情を翳《かげ》らせた。

「悪かった。……薬剤を使って好んだ相手をこんな風に意のままにするとは男の風上にも置けないと思う。だがいち早くお前の可愛い言葉が聞きたくて気が急《せ》いた。頑なお前も好ましいが、俺を求めて鳴くお前を手に入れたかった」

許せ、と何度となく青に口付ける。その柔らかい感触が、青の官能を煽った。

「ん………」

「その代わり、今からは、何もかもお前が満足するようにしよう」

「…………」

「昨夜ここを満たされるのは、嫌じゃなかったろう？」

つい押し黙ると、尖り濡れている乳首をまたきゅっと摘まれる。

「あっ」

「……快《よ》かったんだろう？　青」

「ん、きもち、よかった……」

指を食み、目を閉じて素直に頷く。アズィールが微笑んだのが、吐息で分かった。青を翻《ほん》弄《ろう》させながら、その嬌態《きょうたい》を見てアズィールもまた高ぶっていたのだ。

灼熱が、太腿の内側に触れる。アズィールの欲望の、自分を貫こうとするその猛々《たけだけ》しさに、青は一瞬恐れを抱く。

「あ……」

「逃げるな。俺もお前が欲しくて堪らなかった」

足がいっそう大きく開かれ、アズィールの体重を全身に受ける。

濡れそぼり、蕩けた青の蕾に力強く、押し入ってくる。強烈な快感に応じて、体中が大きくしなった。抽挿はすぐに始められる。青の中を深々と抉《えぐ》り、アズィールの楔《くさび》が深くなるに従い、液体と化したキューブは蕾からたっぷりと溢れ出た。

「あぁ……っ！　あぁぁあ……！」

青はアズィールが意図するままに高い声を上げ、充血していた性器から彼が白蜜と呼ぶ体液を吹き出した。

自身の体液に濡れた青の性器に、アズィールは手の平でいっそう愛撫を加え、青に嬌声を上げさせた。

「いいか？　青」

「ん……い……っ」

ぎしり、とベッドが鳴いて、アズィールの体重を全身に感じた。接合が、より深くなる。

「あん……っ、いい……！」

深い官能の底にいながら、こちらを見つめるアズィールの黒い瞳を、けれど青はちゃんと感じていた。力強い律動が始まる。青を断続的に鳴かせながらアズィールが愛しげに囁く。

「俺の傍にいれば、誰もが羨むような幸福をくれてやるのに。美しい衣服に美味《うま》い食べ物。誰もがお前に傅く。お前の青い瞳は故郷ではお前に不幸を招いたかもしれないが、この国にいればお前は巫女以上に高貴な存在になるだろう。何しろ、青とは空の色。太陽神がおわす大空の色だ」

アズィールが何を言っているのかよく分からない。ただ、かつて感じたことのない解放感を体いっぱいに感じる。

ずっと欲しかった熱を求め、青は自ら拙く腰を使う。最奥にある感じやすい凝りを、ぬるぬると彼の先端で擦り上げられ、青は声にならない悲鳴を上げる。

掲げられた足が不自由でじれったかった。片足だけを掲げられたこの姿勢では、アズィールを上手く深くまで呑み込むことが出来ない。両足をもっとちゃんと開いて。そうしたら、もっと深く繋がれると、本能で分かったから。

「アズィール……、もっと、もっと奥まで、して……」

懇願する青を、アズィールは慈しむように見下ろしている。

「分かっている。こんなにも可愛いお前に、これ以上惨い仕打ちなど出来るものか」

そう言って、フックからアンクレットを外すと、より深々と青を抱き締める。

青の快感を引き出すために、アズィールは少し悪戯をする。青の腰を掴み、ぎりぎりまで退くと、彼の括れを青の入り口に引っ掛ける。アズィールを咥え込んで放すまいと蕾がいっそう食い締めると、その狭い隘路を押し開くようにまた一気に突き上げる。

そうされると、快感が、脳天まで突き抜けた。

何度となくその抽挿を繰り返され、青は切なく喘ぎ声を漏らす。

「ああ……っ、あ、あん……、あ………！」

悪戯に翻弄され、青の蕾は深く深く、濡れた内奥へとアズィールを誘い込む。可愛がられている蕾に意識が集中し、達した瞬間、内部にたっぷりとアズィールの情熱を感じた。

アズィールが引き抜くと、彼の欲望とキューブが入り混じった滴りが、蕾から糸を引いて流れ、シーツを汚す。

「可愛いな……俺の『青い宝石』」

アズィールが青の右の目に口付ける。

そこはこの狂乱で、また青く、色を変えているに違いなかった。

誰にも触れられたくない、晒したくなかったその色鮮やかな瞳は、今はこの強引な王子のものだった。

ほんの一瞬だけ、気を失ったような気は、した。

だが目を醒ますと、ベッドの上にアズィールはおらず、青は全裸のままシーツに包まれていた。ベッドサイドに、きちんと畳まれたバスローブと、一輪の薔薇、それから金色に縁取られた象牙色の品のいいカードに、メッセージが残されている。

『女官がやって来て、湯浴みと着替えを手伝ってくれる。世話はすべて彼女らに任せ、その後、メルリアムと食事をとるように』

日本語で書かれたアズィールからのメッセージだ。言動とは裏腹の達筆に青は驚かされる。日本人の同世代の青年たちに、これほど端整な文字を書ける者は少ないだろう。それを読み終わった後、メルリアムに連れられた女性たちに風呂をつかわされ、着替えをさせられる。

風呂は熱い湯がたっぷりと張られた豪奢なもので、全身を香りのよいオイルで丁寧に磨かれる。そしてこちらの国の衣装を着せられた。内側に着る立て襟の長衣がトウブ、その上に羽織るローブがミシュラフ、そして独特の、髪を隠す頭衣がクーフィルと言うそうだ。足は裸足《はだし》でも構わないし、羊革をなめして作った靴を履いてもよいという。

すべての準備が整うと、再びメルリアムが部屋に迎えにやって来た。

「よくお似合いだ。俺の友人は王族らしく、磊落な気質だが、美しいものを見抜く才は確かなものだな」

これから、彼と一緒に昼食をとるのだ。

青にはもう、逆らう気力がなかった。

もう何日もろくに食べ物を口にしておらず、本当に空腹だった。そういえば、昨夜の強引な情事の間、何度か口移しで冷たい水を飲まされたような気はするがそれも定かではない。

サンルームに近いテラスに、小ぶりなテーブルが用意されていて、そこに青が食べる皿が運び込まれる。一番に届いたのは、日本の粥《かゆ》のようだ。この豪奢な部屋にまるで似合わない質素な食べ物だが、青がずっと食事をとっていないことでメルリアム——か、アズィールが配慮してくれたらしい。

強引なくせに、おかしなところで親切な人たちだ。

恥ずかしいけれど、青は無我夢中で目の前の食事に手をつけた。白身魚を蒸したもの、野菜を彩りよく煮たものなど、日本育ちの青には食べ易い料理がどんどん運ばれてくる。

前の席につき、頬杖をついて青の様子を見ているメルリアムはもう昼食は終えているらしい。青に付き合う程度に食べ物を口に運ぶだけだ。

氷がたっぷり入った水と果物のジュースも用意されていたので、グラスを掴んでがぶがぶと飲んだ。アズィールの腕の中で彼の思うがままになった情けない記憶を嚙み砕くつもりで、とにかく食べ、飲んだ。

「いい食べっぷりだ。王族の花嫁は一国に幸福をもたらすものと決まっている。君が悄然《しょうぜん》としていると、我が国自体の国運が下がるかもしれない」

一息ついて、青はグラスを持ったままメルリアムを見た。瞳に少なからずの不機嫌が現れていたと思う。食べ物で懐柔されるつもりはない。

「ただ好きに飲み食いしてるだけです。俺をこの国と結びつけないで下さい。王族の花嫁とか……俺には関係ありませんから」

そんな大袈裟な人間じゃないのだ。俯いて、目立たないように、誰からも隠れるようにして生きていたのに。

どうして、あの王子様には見付かってしまったのだろう？

メルリアムは思慮深そうな表情で青の顔を見つめている。

「まだ、日本に帰りたいと、思うかい？」

「……当然です。どんな場所でも、俺の故郷だから、帰りたいです」

「だけど、そのアンクレットを身につけている限り、君はアズィールの意のままだ」

「…………」

青は俯いて足元を見た。

砂漠の国では、青い宝石は水の象徴だ。特にサファイアは価値が高く、丁重に扱われる。それが枷《かせ》になるのだから皮肉なものだ。

「困ったものだな。アズィールはこれまで求めた相手が手に入って当然の立場にいたから、君みたいに小さくて可愛らしいものに嫌い、嫌い、と逃げられると、手加減が分からず夢中で追って怖がらせてしまうんだろうな。王子の強引さについては、お目付け役である俺からも謝罪させてもらうけれど」

そこで、メルリアムは悪戯っぽく瞳を煌かせた。

「そこで俺から提案だ。君は、アンクレットを外して欲しいと正々堂々頼んでみたらいい」

「ええ……っ？」

青はびっくりしてスプーンを取り落としてしまいそうになる。

アンクレットは、青がアズィールの下から逃げられないようにつけている逃走防止の装身具なのだ。こんなに華奢で綺麗なのに、頑丈な鎖のように青をこの宮に縛りつける。お願いして外してもらえるならどれほど楽かしれないが、アズィールを拒むような言葉を口にしたら、それはそれでどんなに酷い目に遭わされるか分かったものではない。

そう考えて青は体の中心が奇妙に疼くのを感じた。昨日、アズィールから受けた「お仕置き」を思い出したのだ。

だが、メルリアムはそんなに心配しなくてもいいよ、と笑ってくれる。

「俺に言わせれば我がアズィール殿下も、十八歳そこその子供に過ぎない。優しくしたり、意地悪をしてみたり、本当に大切な君が相手だからこそ扱い方を計りかねてる困ったお子様だ。確かに敏《さと》くていらっしゃるが、いかんせん人間としての経験値が少ない。君自ら、素直に手の平に収まってしまえば、我を忘れて狂喜するだろう。可愛らしくお願いをされたらどんな願いでも聞いてやりたくなるはずだ」

「そんなの……」

メルリアムからの思いも寄らない提案に、青は押し黙ってしまった。それは、アズィールに媚《こび》を売れということではないのか。

だいたい、素直に、可愛く振る舞うなんて自信がない。

今まで出会った人間の誰にも心を開かなかった。それなのに、甘えてみせるなんて青には一番難しい行動だ。

「申し訳ないけど、この件に関しては、俺にはあいつを説得する自信がない。解放してやれと諭したら、お前が横からかっさらうつもりかと疑われる有り様だ」

メルリアムの他に、頼るような人はいない。それなら青自身が動くしかない。そして結局、さっきメルリアムが提案した方法以外の良策など浮ばなくて――

青は長く悩んだが、思い切って顔を上げた。

「……やってみます」

自信はまるでないが、仕方がない。

「可愛くとか、全然よく分からないけど、それしか方法がないなら。俺は絶対に、このアンクレットを外してもらえる様に、頑張ります」

お利口だ、というようにメルリアムが頷く。その瞳に、哀れみと共に、計算高い、ずるい大人だけが持つ光が宿っていることに青は気付かなかった。

その午後、青は王宮の中をメルリアムに連れられて、見て回った。

首都ギシューシュの中央にある王宮は大変な広さだ。西洋のように平面状に城が築かれるのではなく、砂を巻き上げる風を避けるように、砂漠へ面する建物ほど大きく、階段が増え、内部の造りも複雑になっている。土が剝き出しのままの廊下が続いたかと思うと、不意に空気が変わり、騙《だま》し絵のようなアーチ状の回廊が続く。それらには、アラブ諸国独特の青と金の装飾がなされ、溜息が出るほどに美しかった。

一番上の展望階まで来ると、もともとは大きなオアシスだったという首都ギシューシュの全容が見えた。一番目を引くのが、四本の尖頭に守られた巨大なドームだ。太陽神が祭られたギシューシュで最も大きな聖堂なのだそうだ。そこから十字に道が伸び、乾いた色の低い建物がぎっしりと立ち並んでいる。ところどころに幟《のぼり》が立てられ、まじないの意味があるのか、掲げられた色とりどりの布がはためく。古めかしい宗教都市という雰囲気だ。

一方、砂漠を越えてずっと遠くを見れば、海際だと思われる辺りに近代的な高層ビルが密集している様子がはっきりと見えた。恐らく、この国では信仰と政治経済がまったく別ものとされているのだろう。それを、たった一人の王が統べる。

アズィールはその立場を、実の兄と争っているという。

二人が対面した様子を思い出せば、兄弟だからといってお互い仲良く譲り合いなど決してしないだろうことが青にも分かる。

メルリアムに手を引かれ、アズィールの宮に戻った。

アズィールの宮は、砂漠に面した南側にある。広いテラスがあり、水を引いて花園を作らせている。美しい薔薇園だ。王宮には正妃と二人の王子の他に、数人の王侯貴族が宮を賜っているが、アズィールの宮の庭が一番美しいとメルリアムは言った。

仲違いする者も多い宮殿の中を、メルリアムはその甘やかな容姿を武器に魚のように自由に泳いで回っているらしい。

「セフィルト殿下は華美すぎるといって嫌ってらっしゃるけどね」

「俺は、花が咲いてるとほっとします」

メルリアムの後ろを歩き、青はぽつんとそう漏らした。

「俺は子供の頃は田舎に住んでいたので。家の周りのあちこちに花が咲いていました。あ……、もちろんただの野花です。薔薇とか、高価な花とは縁はなかったけど」

「そう。君は花が好きらしいと、アズィールに伝えておこうか」

メルリアムはそう言うと、茎の細い一本を手折り、青の胸元に飾った。美しい人からもらった美しい花。青は素直にそれを受け取った。

「確かにアズィールの方法は強引で、君が反発を感じるのも無理はないけど、俺は存外、君を自分の花嫁だと確信したアズィールの直感は外れてはいないと思うんだよ。つまり、君とアズィールはけっこう仲良くなれるんじゃないかな」

「……そんなこと有り得ません」

「美しいものを愛《いとお》しみたいという気持ちはもちろんあっただろうけど、アズィールと君は、生い立ちがどこか似てるんだ」

アズィールと自分が？　一国の堂々たる自信に満ちた王子と、日本で生まれ育ち、血縁者からも散々に疎まれている自分が？　似ている？

ぽかんとしている青にメルリアムが頷く。僅かに苦笑しているが、緑の瞳には真摯なものが浮んでいる。

「セフィルト殿下とアズィールは、父君こそ同じだが、母君は違う。セフィルト殿下の母君は、公爵家出身で、もともと高貴な身分を持つトラハルディアの現正妃だ。一方、アズィールの母君は貧しい平民出身で、下働きの女中としてこの王宮に仕えるようになった。それが偶然、陛下の目に留まり、愛妾として王宮の一角に小さな宮を与えられ、陛下のお情けを受けるようになったんだ」

アズィールの母親は自分の立場を弁《わきま》え、滅多《めった》に宮から出ることもなかったが、国王の寵愛は深いものだったそうだ。アズィールの母親も、いつしか国王を愛するようになり、やがてアズィールが生まれた。

しかし幸福は長くは続かない。産後、アズィールの母親の体調は芳《かんば》しくなく、長く患ってやがて亡くなった。幼いアズィールの養育を是非《ぜひ》引き受けたいと強く主張したのが、セフィルトの母親だ。アズィールは正妃の宮に引き取られ、しばらくセフィルトと共に育てられたが、正妃は母親を亡《な》くした子供を不憫《ふびん》に思って手元に寄せたのでは、決してなかった。

他人の悪意に過敏な青には、続きを聞かなくとも、アズィールが受けた仕打ちが想像出来た。

「俺は子供の頃はイギリスで育って、こちらに渡ったのが八歳だった。二人の王子と歳が近かったので学友として、王宮に参じることを許されたんだ。セフィルト殿下を含め、三人で同じ家庭教師から、勉学や武道、礼儀作法を学んだ。アズィールと初めて会ったのはあれが五歳のときだったけど、そのときからあいつの体には、絶えず生傷があった」

滑って転んで、高い塀を歩いていてうっかりして落ちた、とアズィールは適当に誤魔化《ごまか》していたが、時には火傷《やけど》や鞭《むち》で打たれたような痣《あざ》もあった。

青は暗澹《あんたん》とした気持ちになった。誰が手を下したのか、深く考えるまでもない。

「妃殿下は一見たおやかな、子供に手をあげるようなお方には見えないが、アズィールが生まれたときの胸中は複雑だったと思うよ。セフィルト殿下がいながら、陛下は他の女性を寵愛し、第二子をもうけた。その上、通常ならセフィルト殿下が第一王位継承者となるはずなのに、老巫女の予言によって世襲制が覆《くつがえ》されたんだ」

「予言……？」

青が尋ねると、メルリアムはゆったりと微笑する。

「そう。二人の王子のうち、ある『宝石』を手に入れた方が、次の国王になる」

「アズィールはそんなことは、何も……」

「まあ、外国人の君には理解するのが難しいことだから。きっとそのうち、話してくれるよ」

そうして視線を遠くへ向ける。

「憎い女が産んだ子供が国王になることも大いに有り得る。妃殿下にとって、アズィールは常に憎しみの対象だ」

「そう……、だったんだ……」

母親を亡くした後、自分を憎む女性の下で育てられたアズィール。

十三歳で自分の宮を王から与えられるまで、義母から様々な嫌がらせを受けていたようだとメルリアムは話す。卑しい身分の女が産んだ、卑しい子供だと。

そんな仕打ちを受けながら、アズィールが今、あれほどに明朗快活であるのは、強靭な精神を持って生まれたからだろう。虐《しいた》げられても、誇りが穢《けが》されることはない。輝かしく生命力に満ち溢れたアズィールの存在は、常に衆目を惹きつけているという。アズィールの宮がどの宮よりも手を尽くして整えられているのは、アズィールが自分の宮を大切に慈しんでいるからだ。義母のもとにいたとき、自由に振る舞える自分だけの場所に憧れていたのかもしれない。

アズィールの人気に、義母はさぞ悔しい思いをしているだろう。そして兄王子のセフィルトが、アズィールを厭う気持ちも分かる気がする。彼こそが正妃の唯一の男子であるはずなのに、自分より身分が低いアズィールに、王座を脅かされているのだから。

ふと顔を上げると、テラスの向こうには、砂漠の夕暮れが広がっていた。紅色の空がたそがれていく。一日の終わりの聖なる時間だ。

聖堂の鐘だろうか。長く長く尾を引く、金色の音色。この時間、信心深い国民たちは神に向かって祈りを捧げるのだという。

「そろそろ広間で夕食の準備が始まっている頃かな。夕食前の着替えをしなければならないから、アズィールを呼びにいかないといけないんだけど……」

食事の度に衣装を変える。この王宮での習慣だ。もちろんそんな贅沢に慣れることは出来ない。憂鬱《ゆううつ》な気持ちで夕日を眺めている青に、メルリアムが誘いかける。

「君が呼びに行くかい？」

「え？」

青は怪訝な気持ちで首を傾げた。

「俺が？　俺が、一人で行くんですか？」

「そう。この宮の衛兵や女中たちにはもう君の姿を覚えさせているし、この宮の召使たちはアズィールに倣《なら》って語学が堪能だ。日本語を話す者も多い。一人で行っても不便はないよ」

アズィールが公務を執る部屋の場所をメルリアムが教えてくれた。アズィールはここで執政の一端を担っているという。だが、アズィールと二人きりになったときに、上手に話す自信がないのだ。

「そんな顔をしていると、アズィールをますます面白がらせるぞ」

まるで兄が弟にするように、メルリアムがちょん、と青の額を突《つつ》いた。青はちょっと恥ずかしくなる。アズィールは大嫌いだけど、少なくともメルリアムは――それほど悪い人じゃないのかもしれない。

メルリアムは青の耳に、悪戯の謀議をするように囁く。

「アズィールに従順な振りをして、懐柔して、アンクレットを外してもらう。それが君の計画だ。こんなことで怯《ひる》んでどうする？　あいつはそれほど甘くないよ」

もっともな意見に、青は薄い肩をますますすぼめる。

「そろそろお夕食の時間ですから、着替えの間にいらして下さい、そう伝えるだけでいい。出来るね？」

「はい……」

青は頷いて、先ほどメルリアムに教えてもらったアズィールの公務室を目指した。何度か逡巡《しゅんじゅん》したが、部屋の前まで来ると、こんこんと二度ほどノックした。しばらくして、低く応答があったような気がする。

青は緊張に喉を鳴らした。素直に、可愛く、振る舞う。アンクレットを外してもらうため。とても自信がないけれど――

青は恐る恐る、ドアノブを握り、細く扉を開く。

「あの……」

真正面にはアーチ型の大窓。その前に、来客用なのか、柔らかく涼しそうな、籐《とう》製のソファセット。もう少し扉を開くとアズィールが執務机についていた。周囲には、銃器を持った衛兵が立ち、学者らしい男たちが三人ほど、アズィールに意見をしている。アズィールは頭衣を外し、目を細め、厳しい表情で羽根ペンを持って書類に見入っている。青は何となく、声をかけることが出来ない。

沈黙を不審に思ったのか、アズィールの黒い双眸がこちらに向けられた。

「お前だったのか。驚いた」

本気で驚いたらしく、書類とペンを机に置き、立ち上がる。

「どうした、こんなところで。中に入るといい」

アズィールがこちらに近づく。青は驚いてしまった。仕事をしているときの表情と、こちらに向けられた笑顔があまりにも違っていたからだ。青の来訪を本当に喜んでいる。

アズィールは日本語で、衛兵や学者たちに退去を促すと、しっかりと青の体を抱き締めた。

「いったい何の気紛れだ？　お前がわざわざこの部屋にやって来るなんて」

アズィールの素直な反応に、青は何となく気恥ずかしくなって俯いてしまう。

「道に迷ったか？　メルに一緒に遊んでやるよう、言い置いてあったのに……それとも、俺に会いたくなったのか」

「ち、ちがっ」

青は真っ赤になって、アズィールの腕から逃れた。

「もう夕刻で、夕食前の着替えの時間だから、メルが呼んでおいでって。メルは忙しそうにしてたし、この部屋の場所は教えてもらったから、俺、一人で」

「そうか。迎えに来てくれたのか」

青の口調は不貞腐れたものなのに、アズィールはいっそう嬉しそうだ。

「それから、お兄さんのお庭で助けてもらったとき、お礼を言わなかったから。今更だけどちゃんと言っておこうと思って……」

素っ気ない口調で、唇を尖らせてアズィールに告げる。

アズィールに上手く取り入って、信用させてアンクレットを外してもらう。これはその策略のため。だけど可愛く、素直に振る舞うのは、青にはとても難しかった。

「お兄さんとすごく仲が悪いのに、俺は勝手にお兄さんの宮に入り込んだりしたから、下手をしたら切り捨てられてたかもしれないってメルに教えてもらって。アズィールにも大変な迷惑になるところだったって。……軽はずみなことをして、ごめんなさい」

「自分の花嫁を守るのは当然の務めだ。兄上と俺が不仲なことでお前が気に病むこともない」

青は恐る恐る目を上げた。青を見るアズィールの瞳はとても優しかった。

メルとの作戦が成功しているのだろうか。少しだけ、青の胸に罪悪感が過《よ》ぎる。どんな理由があろうと、どんな相手であろうと、人に嘘をつき、騙すことは心苦しい。

窓の向こうでは、太陽は地平線へと沈み、最早見えない。残光だけが強烈な光を放ち西の空を彩っている。茜が入り混じった金色、水色、群青、そして東から夜の闇が迫る。聖堂の鐘はまだ鳴り響いている。

「アズィールはお祈りをしなくていいの？　この時間は、お祈りの時間だってメルが言ってた」

「しい、青。太陽神がお隠れになるこの時は一日で最も聖なる瞬間だ」

そう言う割りに、アズィールは青の肩を抱き寄せたまま、何をするでも言うでもない。

手を合わせたり、布の上に跪いて神のおわす場所へ向かって頭を下げたり、神を称《たた》える言葉を口にしたり――

そういうことはしなくていいのだろうか。青の不思議そうな眼差しに、アズィールは窓を見据え、横顔を見せたまま微笑した。どこか皮肉そうな、複雑な微笑だった。

「俺は神など信じていない」

一瞬、室内の空気が緊張を孕んだ気がしたけれど――

こちらに向けられた笑顔はとても幸福そうなものだった。アズィールは飽きることなく、ぎゅうぎゅうと青を抱き締める。

「堅苦しい公務の後でお前の顔を見ると癒《いや》されるな。いったいお前は、どうして十六年も俺の傍にいなかったんだ。離れていた十六年が惜しくてたまらない」

などと目茶苦茶を言って青の体を抱き締めたままくるくると室内を回る。

「そ……それが運命だったんだから、仕方ないと思う」

アズィールがぴたりと足を止めた。アズィールは虚をつかれたような顔をして青を見ている。

「運命？」

「う……、近くに住んでても一生顔を合わせない人だっているし、俺がトラハルディアに生まれても、王子様になんてそれこそ一生会う機会ないよ」

「そうか、運命か」

その言葉がずいぶん気に入ったらしい。いや、もしかすると、ずっと言葉少なでいた自分が使った言葉だから、いっそう気に入ったのかもしれない。

アズィールはすっかり上機嫌で、そうして悪戯っ子のように青の手を引き、室外へと招く。

「さあ、夕食だ。昼食は、まだお前の体調がよくなかったようだから、消化のよさそうなものにしたが、夕食はお前でも好みそうな、栄養のあるものばかりを用意させた。我が国は美酒美食の国だ。テラスで風に涼んで食おう」

王子様とも思えないはしゃいだ口調だ。そして改めて、青の目を見つめる。

「迎えに来てくれて嬉しかった、青。無理やり日本から連れて来たことは悪かったと思っているが……出来れば、お前にもこの国を愛して欲しい」

青には一瞬、分からなくなる。

この破天荒な王子様から、そしてこの異国からどうにか逃げ出したいのは本当だ。けれど、アズィールは、ただの好奇心だけでなく、真剣に、自分の心に触れようとしてくれているらしい。そんなことを思うのは、メルリアムにアズィールの過去を聞かされたからだろうか。

窓から漏れる、今日最後の西日の中、腰と背を大きな手の平で支えられながら口付けられる。足元が一瞬ふらついて、しゃらん、とアンクレットが鳴いた。

――――いいや、自分は囚われの身なのだ。自分の日常に帰らなければ。王子様はただ気紛れに、構っているだけ。

アズィールの今の言葉を真剣なものだと受け止めたら、いつかアズィールが特異な右目に飽きたとき、自分はきっと泣く。そして立ち直れなくなる。母に捨てられ、周囲の人々に奇異の目で見られて、苛《いじ》められた。

もう誰にも傷付けられたくない。長い間、寂しさを味わった。もうこれ以上は耐えられない。だからアズィールのことも信じたりしない。彼の手の平が、言葉がどんなに温かくても。

青は自分にそう言い聞かせた。


「お前の花嫁殿は、花を見ると故郷を思い出されるらしい」

夕食の席は、アズィールの宮の最上階にあるテラスに設けられた。真下には広場になっている花園と、例のあずま屋、そして石畳が途切れた向こうに、夜の砂漠が見える。時折、遠くに光が瞬《またた》いて見えるのは、らくだに乗った行商人たちのランタンなのだそうだ。

そしてその向こうに見えるのが北ギシュ－シュ。

南ギシュ－シュは神のおわす聖都とされているが、北ギシュ－シュは欧米・アジア諸国からの企業進出も目覚しい大都市だと聞いた。

「あ、ありがとう……」

召使に冷たい飲み物を手渡され、青はおずおずと礼を口にする。

テラスには厚手の絨毯が敷かれ、その上に重ねられたクッションの上にアズィールは頬杖をついて寝そべっている。公務時の白い衣装を脱ぎ、黒の長衣にゆったりとローブを羽織っている。青は着心地が楽な袖なしの長衣に着替えさせられ、アズィールの腰の辺りに座らされて、さっきから髪や頬に触れられて悪戯されている。

「ふうん、花を？　どんな花が好きなんだ、青。言ってみろ」

「花が好きなんじゃなくて、……俺が育った田舎町には野花がたくさん咲いてたから」

「ならばこの花園に手を加えよう。故郷から連れ出したのは俺だから、お前に寂しい思いをさせるわけにはいかない。メル、日本の代表的な花と言えばなんだ？」

「確か菊だったはずだ。清楚で美しい花だが暑気の強いこの国で上手く育てるのは難しいぞ。だいたい、派手好きのお前の宮には似合わない」

そんな会話を交わしながら、料理がどんどん運びこまれてくる。この国では、外国人を招いたパーティーや式典でもない限り、王族でも庶民でもこうして床に座ってとるのが一般的らしい。

特にコースがあるわけではなく、出来上がった料理を熱々のうちに食べるのがマナーだそうだ。

ハーブから抽出したオイルで炒められた魚介類は爽《さわ》やかな香りがし、魚の白身は柔らかく口の中でほろほろと崩《くず》れる。羊肉に串《くし》を通し、スパイシーな味付けで豪快に焼いたものを、薄いナイフで削《そ》いでミルク色のソースをかける。チェロウと呼ばれる白米には野菜のカリーがかけられ、木製のスプーンで頬張る。

二人はあれも食べろこれも食べろと青の皿をいっぱいにしていく。確かにとっても美味しいけれど、そんなに食べられない、と皿を手で覆うと、すぐに叱責が飛んでくる。

「だからそんなに貧弱なんだ」

「暑い国にいるときこそスパイスの強いものを食べるんだ。汗を出せば、体内に溜まった熱を放出出来る」

などと声を合わせて叱られ、さらに皿をいっぱいにされる。もうわんこそば状態だ。

「そら青、口に運んでやろう。お前は肉と魚とではどちらが好きだ？　ケーキとアイスクリームでは？　ああ、こんな質問は意味がないな。常にその両方を用意しておいてやればいいだけのこと。そういえば、バザールにはお前が好みそうな美味い甘味屋がある」

甘いものが好きだと言った覚えはないのに、アズィールはもうそこに青を連れて行こうと決めているらしい。

アズィールは美食家で健啖《けんたん》家だ。美味いものを、その味に合った場所で存分に堪能する。

「今の王族で護衛もつけずにあのごたついたバザールに単身乗り込むのはアズィールくらいだ」

「聖都のバザールは庶民の生活の場だ。北ギシューシュでの動きはメルや他の文官にも調査を頼めるが、国民が何を考えているかはその場に乗り込み、同じ物を食べ、同じ物を飲むことでしか分からない」

「他の王族諸侯は北ギシューシュに駐在している外国人たちとのコネクション作りに精を出しているご様子だが」

「くだらない。だからあいつらはいつまで経《た》っても無能なんだ。自分の国の弱点や長所を知らず、まともな外交が出来るものか。王宮の中だけの世間知らずでは諸外国から足元を見られるばかりだ」

これが十八歳と二十一歳の男の会話だという。今はまだ王子と呼ばれていても、いずれこの国のトップとして政治経済に関わっていく者の会話だ。

青は、ふとセフィルトのことを思い出した。彼の宮に迷い込んで、アズィールに助けられたときに一瞬だけ出会ったこの国の第一王子。アズィールの兄だ。

王位継承権を巡って、アズィールと争っている人。そういえば、セフィルトは青を見て不思議なことを言っていた。

「『青い宝石』って何のことですか？」

そう尋ねた途端、一瞬アズィールとメルリアムが押し黙った。だが沈黙はほんの一瞬で、メルリアムがごく優しい口調で尋ね返す。

「『青い宝石』？　何故、そんなことを？」

「あの……アズィールのお兄さんが、そんなことを言ってたから。それがアズィールの『青い宝石』かとか……」

「お前の聞き間違いだ」

アズィールは杯《さかずき》に手を伸ばし、はっきりとそう言った。

「兄上も日本語には相当堪能でいらっしゃるが、時には言い間違いくらいはするだろう。何かと聞き間違えたんだ」

アズィールの口調は素っ気ない。聞き間違い。そうなのだろうか。だが、メルも頷いているし、あの場には『宝石』と呼ばれるものは何もなかったはずだ。

きっと自分の聞き間違いだったのだろう。

「お兄さんは船でどこまで旅行したの？　アズィールは日本まで行った後、勝手に帰って来たって言ってたけど」

「香港までは行ったと聞いている」

「でもトラハルディアから香港だったら、世界一周はまだしてないんだよね？　航海の目的は世界一周だったんでしょう？」

「兄上もご多忙だし、何か急用があって帰国されたんだろう」

「アズィールも、あちこちの国に行ったんでしょう？　じゃあ、行った中だと、どの国のどの街が楽しかった？　美味しいものたくさん食べた？」

「……外交は観光とは違うぞ」

アズィールは苦笑しているが、青はさらに質問を重ねる。何だろう、いつもならこんな風に自分から話すなんてことは絶対にしないのに。松明《たいまつ》のゆらゆらとする明かり、幻想的な砂漠の気配、王宮に住まう二人の美男子。まるで現実とは思えず、青の右目への劣等感も希薄になっているのかもしれない。

だから小さく縮こまっていなくとも、素直に好奇心を露わにすることが出来るのだ。日本にいる間も、本当は色んな人と話してみたかったし、色んな場所に行ってみたい、心の中ではそんな風に思っていたのかもしれない。

「そういえば、この国の人は、ずいぶん語学が出来るんですね。お兄さんもぺらぺらだった。日本で習うのは、英語くらいです」

「王宮で初めて語学に力を入れたのはアズィールだよ。セフィルト殿下は慌ててそれを真似たんだ」

「兄上の行動にはそつがないが、いちいち独創性に欠ける」

アズィールの口調は辛辣《しんらつ》だ。本当に仲の悪い兄弟だ。

「語学は武器だ」

ぽつりと、アズィールが呟いた。

「他国を侵略するときに、武力でいきなり攻撃するのは大馬鹿者だ。相手の国も、こちらの国も甚大な被害を受ける。だから富国を目指す統治者にとって最も重要なのは外交。こちらがあちらの言語や文化を完璧に把握すれば、対等の立場で誰も傷つかず、欲しいものが手に入る」

「武器って言ったって、身につけるのは大変でしょう？」

「それくらいの努力はするさ。努力はタダだからな」

「王様、みたい……」

駄目だ、ほんとうにくらくらする。難しい話を聞いたからではなくて――

「少しお前にはきつかったかな」

頬杖をついていたアズィールが、悪戯っぽい表情で青の手元からグラスを取る。今まで飲んでいたジュースに、アルコールが入っていたようだ。氷と数種類の果物を一気にミキサーにかけたもので、甘くてとても美味しかったから、いつの間にかグラスを重ねてしまっていた。

酩酊《めいてい》したまま、青は子供っぽい口調でアズィールに尋ねる。

「アズィールにはお兄さんがいるから、普通だったら、次の王様になるのは、お兄さん、だったんだよね？」

「まあ……そういうことになるな」

アズィールは青が飲み残した果物のジュースを一気に呷《あお》った。

「でも俺、今の話を聞いてると」

青はじっとアズィールを見つめた。

「王様には、アズィールの方が向いてるように、思う……」

ふらりと体が傾く。上半身を起こしたアズィールに、しっかりと抱きとめられた。一瞬、心が竦む。青の最奥にはまだ、他人への恐怖心が残っているのだ。

だが、メルリアムが目配せを寄越すのを感じた。そのまま、アズィールに体を預けておけ、と。心を許したふりで、アズィールを油断させる。そうしてどんどん、この王子様の信頼を得る。

だがそんな策略がなくとも、この眠気と温かさは、もう、どうしても抗いがたくて――

「眠っていいぞ、青。後でベッドに連れて行ってやる」

「ん……」

「可愛いな……」

額に唇を寄せられた途端、深い安堵を感じて、ゆっくりと意識が深みに落ちていく。二人の会話がぼんやりと聞こえていた。

「ところでメル。どうにも、今夜の花嫁はずいぶん俺に対して素直だったと思わないか？昨日まではあれほど俺に反発していたはずなのに」

「我が君の抗い難い魅力に心打たれたのでは？」

「これはまだ、俺に怯え、何とか王宮から逃げ出そうとしている。それを見抜けないほど俺も阿呆《あほう》ではない」

メルリアムのそつない返事を、アズィールは一刀両断にしてみせた。

「俺に甘えて油断させ、隙を突いて逃げ出せばいいと親切ごかして悪知恵を授けたんだろう。そうすれば少なくとも表面上、青は俺に従順になる。この宮を逃げ出そうとも、しないだろう。青がせっかく可愛い顔を見せてくれたから策に乗ったふりをしたまでだ」

「何のことやら。きっかけがどうであれ、私は殿下とその花嫁が仲良く寄り添われることをお祈り申し上げる所存」

「タヌキめ。俺はお前の策に頼らずとも、必ず青の心を手に入れる――――先に行くぞ」

アズィールが、青を横抱きにして立ち上がった。メルリアムが、からかうように杯を掲げ持った。

「我が王子とその花嫁に」


ぱしゃん、と水音がして、青《あお》はぼんやりと目を開ける。

「俺にしがみついていろ。少し深さがあるぞ」

アズィールにそう言われて、素直に逞《たくま》しい体にしがみつく。すぐに水が、青の腰の辺りまでやってきた。屋外にあるプールだ。プルメリアの真っ白い花が、夜目にもたくさん漂っているのが見える。

アズィールは長衣だけの格好になっている。真夜中の水遊びを楽しもうということらしい。

「冷たくはないだろう？　酔っているからちょうどいいはずだ」

「うん……気持ちいい」

プールの最深部では青の足がつかず、アズィールの手を握って、体をたゆたわせる。衣服に水が浸透し、素裸でいるかのような解放感を感じる。見上げた空には満天の星。

だが、水をかく足に、違和感がある。

「アズィール、アンクレットが重たい……」

他意はなかったが、ついそう呟《つぶや》いてしまう。途端に、アズィールが表情を硬くしたのが分かった。腰を抱かれ、体を引き寄せられた。

「青、何を考えている？」

「え……な、何って……？」

「執務室に迎えに来たり、酔って俺にしなだれかかってみたり、本来のお前なら決してあんな振る舞いはしないはずだ」

「…………」

「メルに何か吹き込まれたな？　従順でいて俺を上手《うま》く騙《だま》し、アンクレットを外させろ。大方そんな風に教えられたろう？」

黒い瞳は、真正面から青を見つめている。返事をしない青に、アズィールは皮肉な微笑を見せた。

「俺は子供の頃から相手の腹を探って真意を測る真似《まね》ばかりをして育った。お前の演技に騙されるほど簡単ではないぞ？」

メルもずいぶん難しい策略を組んでくれたものだ。策略を考えたのはメルでも演技をするのは飽くまで自分なのに。だが、ここで退くわけにはいかないのだ。

「騙したとか、そんなんじゃない。ただ俺、アズィールに、ちょっと親近感を感じて」

「親近感？」

「本当に自分勝手で我儘《わがまま》でこっちの都合はおかまいなしで、言うことも滅茶苦茶《めちゃくちゃ》で偉そうで傲慢《ごうまん》だし、ずっとすっごく腹が立ってて、アズィールなんて本気で嫌いだって、こんなめちゃくちゃな王子様がいるんじゃ王様も国の人たちもみんな大変だって本気で思って」

必死で話す青に、アズィールは頭痛がするようにこめかみを押さえる。

「……その辺でやめてくれないか。俺もさすがに傷つく」

「あ、ごめん……」

二人の傍らを、プルメリアの白い花びらが流れていく。

「でも、メルリアム……メルから、聞いて。アズィールのお母さんのこと」

アズィールがはっと息を呑《の》んだ。

「お母さんを早くに亡くして、色々苦労したんだって、メルが……」

「つまらないことを！」

アズィールは水の中、青を抱いたまま大股に岸辺に近づこうとする。メルの下へ戻り、彼の弱味を勝手に自分に話したことを責めるつもりなのだ。

青は大慌てでアズィールを引き止めた。水の中、長身にしがみつく。

「待ってアズィール！　俺も分かるから！　アズィールの気持ち、多分、俺も分かるから、聞いてよかったと思う」

アズィールが足を止めた。冷たい水越しに、アズィールの鼓動をはっきりと感じる。青はアズィールの過去に不用意に触れたことを悔やんだ。それはこの傲慢不遜《ふそん》な王子の、唯一の弱点だったのだ。青にはそれが、痛いほどに分かる。

「俺も寂《さび》しかった。……日本では身分とか、そんなことは関係ないけど、この目のせいで、ずっと人に疎まれて育った。アズィールの気持ち、きっと分かる」

拙《つたな》い言葉で、青はアズィールの心に訴えかけた。

メルに教えてもらった、自分たちの共通点。それを利用するのは卑怯だと思うけれど。

「俺は待ってた」

自分の額《ひたい》を、アズィールの肩口に押しつけてみる。アズィールは不思議そうな様子だ。

青という名前は右目の特徴から母がつけたものだった。平素は現れない目の秘密をわざわざ明かすような名前をつけたのは、もしかしたら、母はほんのわずかでも、自分を愛そうとしてくれたからなのかもしれない。青い目は、異常ではなくただの特徴で隠し立てする必要などない。愛すべき個性なのだと、すべてを受け入れようとこの名前をつけてくれたのかもしれない。

結局母は自分を捨ててしまったけれど、幼い心の中に、もしかしたらという希望だけは残った。

俯《うつむ》きながら、右目の秘密を必死で隠しながら、だけどいつか、青のすべてを愛してくれる誰かに出会えるかもしれないと。

「誰かに、薄気味悪いって思われずに、俺の変な目ごと、好きだって、大切だって言ってもらえる日を内心で待ってた。馬鹿《ばか》だよね、実際には下向いて目を見られないようにばっかりしてたくせに。自分からは何もせずに待ってただけのくせに……」

他にはどうしようもなかったのも本当だ。青はもう誰にも傷付けられたくなかった。

もう一度の我慢すら出来ないほど、青の心はめちゃくちゃだった。痛みより、寂しさの方が耐えられると思った。

「だからアズィールが綺麗《きれい》だって言ってくれたとき、俺は反発したけど……本当は、本当に……嬉《うれ》しかったんだ」

澄んだ水の中にいるから、青の鬱屈《うっくつ》した気持ちも浄化され、アズィールに素直に伝えることが出来る。

「俺のお母さんは、もう俺のところには戻って来ないと思う。お祖母《ばあ》さんも、二度と俺には会いたくないと思う。だけどやっと俺の右目のことを肯定してくれる人に会えた。そのことが嬉しいのは本当なんだ」

言い募るうちに、視界が霞んだ。

涙を零《こぼ》す演技が出来るほど青は器用ではない。泣き方なんてとうに忘れてしまっていたし、悲しいという感情も、もう捨ててしまったものと思っていた。だが今、自分の感情と改めて向き合えば、心の中はずっと我慢してきた寂しさや悲しみ、そして期待でいっぱいになっていた。それがこのプールの中に溶け出して、青はアズィールと同じ感情を共有しているのを感じる。

同じ水に浸かり、同じ冷たさの中で心を繋《つな》いでいる。

アズィールが溜息《ためいき》をつく。

「俺はつくづく腹黒い人間だな。お前が右目に色を灯《とも》らせて、そんなにも綺麗な涙を流してくれているのに、お前が本当に心を開こうとしてくれているのか、まだほんの少し、疑ってる」

「…………」

「俺は神は信じない」

アズィールは青を見つめたまま、そう呟いた。

「俺が本当に非力な子供だった頃、どんなに祈っても、願っても、神は姿を現さなかった。俺は、俺自身の力だけで、自分の体を守り続けた」

それは、アズィールが義母の下で生活していたころの思い出に違いなかった。青は痛ましい気持ちになって、無意識のうちにアズィールの背に回した手に力を込めた。

小さな子供を抱くように。子供だったアズィールに触れることは最早叶《かな》わないが、今の彼にはこうして触れることが出来る。

「俺はもう神に祈りも願いもしない。だがお前には、何度平伏して懇願することも厭《いと》わない。お前が欲しい。お前の、心も体も俺のものにしたい」

いきなり右の手首を取られる。体をいっそう引き寄せられ、すぐ間近で瞳《ひとみ》を覗《のぞ》き込まれた。自信家で傲慢な彼には似合わず、黒い瞳は不安定に揺らめいて見えた。それは周囲の水を映しているだけのことなのかもしれないが、青の心を打つ。

「青……本当に、俺に心を寄せていると言うなら、その証を見せてくれないか?」

「証……?」

そう尋ねた唇を、アズィールに奪われた。すいと水際まで体を寄せられ、プールサイドに体を押しつけられる。花の香りが立ち込める水の中、青はアズィールを見上げた。

「アズィール……？」

だがアズィールの返事はなく、彼の指先は青が着ていた衣装を優しく解《ほど》き、緩める。つまり、ここで——求められているのだ。

青は真っ赤になった。あの行為に青はまだちゃんと慣れていないし、第一、こんな野外で、万一人が来たら。だが、その羞恥《しゅうち》に頬《ほお》を染める様子が、アズィールを却《かえ》って煽《あお》ったらしい。

アズィールは性急に、青の体をまさぐり始めた。

アズィールは青の体のあちこちに触れたがるが、特に気に入っているのは左右の乳首らしい。色が白い青の乳首は桜色で、薄い花びらのようでとても可愛《かわい》いと、情事の前や後に指で飽きずに弄《いじ》っていたりもする。青が堪《たま》らずだんだん感じて、泣いてしまうまで、そこに何度もキスをする。

「ん……っ」

「ここが、すっかり感じやすくなったな」

アズィールが悪戯《いたずら》を仕掛けてくる。青はバカ、とアズィールの肩を叩《たた》いた。

「アズィールが……いっつも、変な風にするから……っ」

「ああ、そうだな。俺が悪い」

本当に反省しているのかいないのか、そう言いながら、アズィールの指先は青の下肢《かし》へと向かった。尻《しり》を左右に広げられ、足の間で留《とど》まっていた空気が幾つか舞い上がる。

「アズィール……」

「酒を飲んだせいか？　ここが……いつもより熱い」

そう言いながら、アズィールは何度も青の蕾《つぼみ》を撫《な》でている。その熱の篭《こも》った指使いに、彼がどんなに青を欲しがっているかよく分かった。

「くそ……水の中にいると、却って解しにくいな。お前を傷付けたくないのに」

そうして、彼の情熱を知らしめるように、青を腕の中でしっかりと抱き締める。

「だ、大丈夫だと、思う。酷《ひど》くしても、俺はいい」

星の下で、花の香りを感じながら、青はアズィールを見上げる。

「アズィールになら、いい……」

同じ傷を持っているのだから。アズィールになら、何をされてもいい。青はアズィールにしがみつき、羞恥に語尾を震わせ、囁《ささや》いた。

「いれて……？」

「青……」

アズィールが目を細め、青に口づける。

「……光栄だ」

アンクレットをつけた右足だけが、アズィールの肩に担ぎ上げられる。体がやや斜め向き、背中はプールサイドに預け、アズィールの首に腕を回す。

水の中で、二人は数拍、見つめ合っていた。

「青……愛してる」

「――――――っ」

ざぶん、と大きく波がうねる。

「ああ……っ」

ゆっくり、ゆっくりと、圧迫感をもってアズィールが青の中に押し入ってくる。

ここ数日の情交でかなり慣れたと言っても、まだ青は処女のように狭く硬いことをアズィールも知っている。青の苦痛を和《やわ》らげるよう、青の性器を掴《つか》み、それを上下に扱《しご》く。

「すまない。つらいか？」

アズィールの声音の優しさに、胸が、痛くなった。

「アズィール、…アズィール………！」

アズィールは逃げを打つ青の肩をしっかりと掴み、水の中での結合をいっそう深くする。

浮力のせいで青の体は軽々と持ち上がり、しかしまた抱き寄せるアズィールの腕は力強い。

いったん根元まで押し込み、それからぎりぎりまで腰を引くと、また下から貫く。青の体が仰《の》け反り、せり上がると、快感に尖《とが》った乳首をきつく噛《か》んだ。

「や………あ―――あ……っ！」

水の中でのふしだらな行為。押し流されてしまいそうで、青はしっかりとアズィールにしがみつく。だが、アズィールの熱に混じり、抽挿の度《たび》に、青の体内に変化があった。

「ひ、あ……、水、が……」

澄んだ水が、挿入の度に、染み入るように少しずつ流れ込んでくる。それはアズィールの灼熱《しゃくねつ》をいっそう明瞭にし、青は彼の形を内部ではっきりと感じることが出来た。

「あ……ん、っん――……」

「く……！　青、そんなに締めるな……！」

花の漂う水の中、アズィールが突き上げてくる度に小さな漣《さざなみ》が起こる。掲げた右足のアンクレットに吊《つ》るされた幾つものサファイアが、水の一滴のようにも見えた。

「ああ……っ！」

青の理性を怒濤《どとう》のように攫《さら》うアズィールの情熱は確かなものだった。従順な振りでアズィールを信頼させる。メルリアムの策略は成功した。

だがメルリアムは、飽くまでアズィール側の人間だということを、青は失念していた。

青がアズィールに心を開けば、アズィールはいっそう青に溺《おぼ》れる。解放するどころか、よりいっそう執着する。それがメルリアムの真意。青には見抜けなかった、大人の策略だった。

朝日《あさひ》に気付いて目を開ける。青はアズィールの本寝室にいた。アズィールの姿はもうない。女官たちがやって来て湯浴みをさせられ、衣装を着せられた。だんだん感覚が麻痺《まひ》して、こんな風に扱われるのにも慣れてしまったように思う。

テラスで食事をしていると、メルリアムを連れたアズィールがやって来た。

公務を終えて出て来たのか、やや硬い印象のある長衣に頭衣を被《かぶ》っている。いつもは黒い衣装のアズィールだが、公式の場では白い衣装を纏《まと》うらしい。

「青、よく眠っていたな」

耳元で囁かれて、青は赤くなった。

昨日は、失神するように寝入ってしまった。

偽りに心を開いているわけではないという証に、青はプールで一度、びしょ濡《ぬ》れのままベッドに連れられてまた二度、極めさせられたのだ。アズィールを受け入れた蕾《つぼみ》は、まだ、熱が灯されているように疼く。

「食事は済んだな？　さあ、お前に見せたいものがある」

性急な王子様に手を引かれて次の間に入ると、そこには山ほどの衣装が運び込まれていた。ドレスに靴、アクセサリー、西洋風のものや、アラビア風のものが数え切れないほど並んでいる。

「これ、何？」

「お前の衣装のサンプルだ。この中から好きなものを好きなだけ選ぶといい」

しかもこれらは飽くまでサンプルで、青が数点気に入ったものを決め、採寸の後、青の体にぴったりと沿う同じデザインの衣装を改めて作る。つまりはオートクチュールだ。

「さあ、どれがいい？　どれでも何枚でも選ぶがいい。この西洋風のドレスはどうだ？　リボンが愛らしくてお前の顔立ちにぴったりだ。それともやはり、この国の正装がいいか？　長衣の袖《そで》を羽のように広げさせて……ミシュラフはローブ形ではなく、チョッキ《ジレ》形の方が涼しげでいいな」

「アズィール……、俺、服なんていらないよ。それにこれ、女の子の衣装ばっかりじゃないか」

「父上の祈禱の七日間がもう三日で明ける。父上がお出ましになられたら、盛大な式典が開かれる。お前はそこで、俺の花嫁として紹介されるんだ。そのときの衣装が必要になる」

花嫁として披露される。

青はごくりと喉《のど》を鳴らした。それではあと三日。あと三日のうちに、このアンクレットを外してもらわなければならない。花嫁と正式に公表されれば、ますます身動きが取れなくなる。——日本に帰れなくなる。

そう思った途端、何故《なぜ》か胸が痛んだ。日本に帰るということは、アズィールの傍《そば》を離れると、いうことだ。

「そうそう、それからプレゼントがある。商人に頼んで、お前の国のものをいろいろ運ばせたぞ」

アズィールがすたすたと窓辺に近づき、数枚の衣装を手に取る。

「これは好きだろう？　お前の国の衣装だ」

何かと思ったら、浴衣《ゆかた》だった。妙にうきうきしていると思ったら、そんなことか。

ほら、と促されて、渋々浴衣を手にする。あっさりとした風合いの布地に、美しい朝顔や花火が描かれている。浴衣など着たことがなかった青だが、アズィールの間違いにはすぐに気付いた。

「だから、これは、女の子のものだよ？」

「そうなのか？　よく分からないから適当に持たせたが、まあいい。可愛《かわい》ければそれで俺は構わん。お前には似合うはずだ」

「俺が構うんだけど！　それに俺、浴衣の着方なんて知らないから！」

「心配するな。メルが知ってるはずだ」

どうしてメルがそんなことを知っているのだろう。疑問に思ったが口にすることは出来ない。アズィールはすっかり浮かれて、部屋のあちこちを動き回っては次は何やら小道具を手にする。

「それからこれだ。面白そうなので手持ち花火というものも買った。今夜にでもテラスで遊ぼう」

すっかりはしゃいで、もうどっちが年下なのだか分からない有り様だ。傍にいたメルリアムも溜息をついている。

「見ろ、メル。俺は花火と言えば大砲で打ち上げるものだと思っていたが、こんなにも小さいものもあるらしい。火を点《つ》けて、手で持って遊ぶんだ」

「いくら小さいと言っても、火の明かりだ。テロリストの襲撃だと誤解されないよう、夜間の衛兵にきちんと連絡をしておけよ。お前の花嫁が捕まっても知らないぞ」

「青のような可愛いテロリストがいるなら俺は我が国を明け渡してしまっても構わない」

そんな遣《や》り取りをしていると、ノックがあり、礼装に身を包んだ一人の使者が現れた。アズィールが心底つまらなそうに溜息をつく。

「ああ……、もうそんな時間か」

「皆様、アズィール様のおいでを大変お心待ちでいらっしゃいますので是非《ぜひ》お早く」

使者は慇懃《いんぎん》に頭を下げる。

アズィールは心底憂鬱《ゆううつ》そうだ。彼は公務の場合にはこんな顔はしないし、億劫《おっくう》そうにもしない。公務は王子としての、彼の責務だからだ。

ではいったい、何の用事なのだろう？　不思議そうに顔を上げる青に、アズィールは盛大に溜息をつく。メルリアムと青の顔を交互に見遣り、面倒くさそうに腕組みをした。

「航海から帰って、そろそろ身辺が落ち着いた頃だろうから、船旅の様子が聞きたいと十何人といる従姉妹《いとこ》たちにせがまれているんだ」

その為のお茶会が王宮のサロンで開かれているのだという。

セフィルトやアズィールの従姉妹というならたいそうな美少女ばかりだろうに、「あんなかしましい女共と付き合っていたら体がもたん」と言って普段からかなり邪険にしているらしい。

「せっかくお前にあれこれ着付けて遊ぼうと思っていたのに」

すでに茶会が開かれる時間が過ぎているらしく、使者はアズィールの従姉妹たちからずいぶんせっつかれてこの宮にやって来たようだ。いつまでも青に構っているアズィールに焦りの表情を見せる。

「殿下！　お時間がもう――」

「分かっている。追って参る。お前はもう下がっていろ」

アズィールがひらひら手を振ると、使者はしぶしぶと引き下がった。アズィールは床に散らばった布をめくっては首をかしげている。何かを探している様子だ。

「ああ、そこにいたか」

見れば、青の足元の布がもそもそと蠢《うごめ》いているのだ。アズィールは布ごと「それ」を手にする。

「青、プレゼントのおまけだ」

ぽん、と放り投げられたそれを、青は両手で受け取った。

柔らかい。それからにゃあん、という鳴き声。

「ええ⁉ わあぁ……、こ、仔猫《こねこ》！」

「親日家のドリハ伯爵の家で仔猫が生まれたというので、一番愛らしい顔をしていた一匹をもらってきた。雑種だが、日本の猫だ」

青は手の平の中の仔猫とアズィールを何度も見比べた。

「お、俺にくれるの……？」

「ああ、もちろん。好きに名前をつけるといい。だがそれは後にして、こちらの服に着替えろ。出かけるぞ」

仔猫はメルに預けておけ、という。アズィールは女官を呼ぶと、青に濃紺の袖なしのワンピースを着せ、銀糸で織らせた帯を胸高に結わせる。肌を人目に晒さないためと、日焼け防止に紗のヴェールを纏わせられた。

「何？ どこかに出かけるの？ だってアズィールは今からお茶会なんでしょう？ まさか、そのお茶会に俺も連れて行くつもりなの」

知らない女の子たちに混じって雑談しろというのだろうか？ こんな格好で？

絶対嫌だ、と言おうとしたが、アズィールは長い指でしい、と青の唇を塞《ふさ》ぐ。扉の外で待

っている使者に気付かれないように、という意味らしい。制服のように堅苦しい長衣を脱ぐと、軽やかな衣装に着替え、砂避けの覆面をつける。

「あとは頼むぞ、メル」

そして青の腰を抱くと、ひょいと窓から逃走を図った。メルリアムがやれやれと肩を竦《すく》める。

「アズィール⁉」

「茶会など時間の無駄。女の遊び相手などしていられるか。それより、お前を我が国の最も活気ある場所に連れて行ってやろう」

アズィールの愛馬であるという黒馬に乗せられ、連れられたそこは首都ギシューシュのバザールだった。

青はただただ目を見張っていた。

その街は広大で、まるで迷路のように道が入り組んでいる。細い小道は集まって、やがて中央道へと続く。左右に様々な店舗が立ち並び、ところどころにござを敷いた露店や屋台が客を引いている。人々がひしめくように集い、暑気のせいか濃密な活気を感じる。スパイスの匂《にお》い、強い語調での話し声、裸足《はだし》で歩く人々――雑多だが皆、生き生きとしている。

「太陽神と共に目を醒《さ》まし、生活の糧を得るために汗を流して働き、神を称え、神が没した夜に眠る。真面目《まじめ》で明るく信仰深い、俺の自慢の国民たちだ。俺は彼らを守るためならどんな努力も惜しまない」

青を腕に抱き、手綱を操るアズィールは誇らしげにそう言った。近代都市もいい。医療や建築の場では最先端の技術も必要だ。だがトラハルディアを一番の根底から支えているのはここにいる人々だ。

「父上は賢王であられるが、その御世では汎地球主義《グローバリズム》が急速に進み、諸外国との折衝に重きを置かれた。それまでは希薄だった外交の基盤を築かれ、世界の流れに遅れをとらぬよう尽力されたんだ。その為に、国内の統治が大なり小なり蔑《ないがし》ろになったという批判もある。父上もそれは否定はされない」

難しい内容を、青にも分かる簡単な言葉でアズィールは説明してくれた。

「だが次代では最早、外交優先の国政は許されない。外交重視の国政は必ず国民の不満を招く。国民にはどんな犠牲も課さず、トラハルディア王国の代表として国益を上げる。国の繁栄を心から願う。次代の王にはそんな人物が必要だ。俺はそうでありたい」

いつもはふざけて青をからかっている王子様が未来を語っている。

伝統や既存概念に囚《とら》われない、自由闊達《かったつ》な思想。行動。

何にさえぎられることなく、砂漠を、この国を吹き抜ける風。

その風は、この国にきっと幸福をもたらす。青にもそう思えた。だが、ふとアズィールの黒い瞳に翳《かげ》が差す。

アズィールが国王の地位につくためにはまずセフィルトを排除しなければならない。アズィールとセフィルトが未来に思い描く国政には、ずいぶん隔たりがあるのだろう。青やメルリアムの前では平気で兄王子の悪口を言っていたが、アズィールの心中には複雑な葛藤《かっとう》があるに違いなかった。

心配そうな青の眼差《まなざ》しに気付いたのか、アズィールが気を取り直したように笑いかける。

「暑くはないか？　もう少し行くと冷たい果物のジュースを売っている屋台がある」

こっちが近道だとアズィールが馬首を巡らせる。ひしめくように立ち並ぶ煉瓦《れんが》造りの家々の間を、馬は器用に走った。道を挟んで向かい合う窓同士、ロープを張って干された洗濯ものが風にはためいている。

そのとき、張りのある若い女の声が頭上から聞こえてきた。

「アズィール殿下の可愛らしい花嫁様へ！」

見上げれば、彩りの美しい花束が緩やかな放物線を描いて落ちて来る。咄嗟《とっさ》に受け取ろうとしたが青の手には届かず、アズィールが俊敏にそれを受け取り、上部の窓辺にいる女性に花束を振ってみせる。

「さあ、お前への花だ。受け取るといい」

自分に贈られたという花を、青は不思議な気持ちで受け取る。

二人の王子が船旅に出、アズィール、セフィルトの順で帰国を果たしたことはもう国中に知れ渡っているとのことだ。第二王子が異国の「娘」を連れて帰ったことを国中の人が知っている。その「娘」にアズィールが執心しており、国王に将来の花嫁として披露するつもりであることも。

そしてその「将来の花嫁」を連れて気に入りのバザールを散策していることにも、彼らは気付いていた。ただ騒ぎになるのをアズィールが好まないので、気付かぬふりをしていただけだ。

だが、アズィールの結婚を祝福する人々の気持ちは、投げ渡された花束によって封を切られたように溢《あふ》れ出す。

「アズィール殿下、万歳！」

「花嫁様、お幸せに！」

祝福の言葉に応じて、アズィールは群集に向かって軽く手を振る。これ以上の騒ぎになってはいけないからと、馬を進めた。

アズィールは愛されている人なのだと思った。どんな生い立ちにも負けることなく、堂々と顔を上げて生きて来た王子様。いじけて下ばかり向いていた自分とは違う。アズィールの強さに嫉妬《しっと》を感じなかったかと言えば嘘《うそ》だ。

けれど、自分の境遇に決してくじけなかったアズィールが青にはとても眩《まぶ》しかった。


馬の手綱を傍《そば》の常緑樹にくくり、アズィールと青はバザールの中心部にある屋台村で昼食をとった。木陰に置かれた木製の椅子《いす》に座ると、ひんやりとした。

テーブルの上には庶民に人気の料理がどんどん運び込まれる。客人には食べきれないほどの料理を振る舞う。それがこの国の流儀であるようだ。

王宮のテラスでもたくさんの豪奢《ごうしゃ》な料理を口にしたが、太陽の下、屋台で作られる料理はもっとダイナミックだ。米とひき肉の団子を煮込んだクーフレ・ベレンジ、炎天下の下、じっくりと焼き上げられた牛肉の串焼きに、セットになっているナンや野菜、味噌《みそ》。どれも色鮮やかで、それが大雑把《おおざっぱ》に大皿に盛られているが、いっそう目を引くのがリブルガという真っ赤な野菜スープだ。

赤唐辛子のいかにも辛そうな香りが漂ってくるスープが、アズィールのお勧めだった。

「この店のリブルガは格別に美味《うま》い。羊肉の肉団子や野菜が入っていて栄養満点だ。さあ食ってみろ」

うう…、と青は皿を覗き込む。

「でもこれ、赤いの唐辛子でしょう？　すごく辛《から》いんじゃないの？」

「そうでもない。ほら、あーん、だ」

スープをすくったスプーンをひょいと口元に運ばれる。子供でもないから自分で食べると突っぱねようとしたが、周囲には自分が王子に盲愛されている恋人に見えるのか、微笑《ほほえ》ましそうに視線を向けられている。その期待に背くのは何だか申し訳ないような気持ちになって、青は仕方なく急いでスプーンに食いつく。

予想した通り、猛烈な辛さに目が回って両手で口を押さえたが、それは一瞬で、すぐにまろやかな野菜の旨みが口の中に広がった。

「あ、美味《おい》しい……」

うっとりと青が呟《つぶや》くと、アズィールは口の端だけで笑って、牛肉の串焼きに大胆に食らいつく。

「よし、じゃあ次はこれだ」

ナスのシチューにヨーグルトがかけられたものを食べさせられる。これも抜群に美味い。

「そらみろ。食わず嫌いはよくない。そもそもお前は小食すぎる。だからそんなに小さくて細っこいんだ」

そんな風に説教を受ける。いくら自分が大食らいだったとしても、アズィールのようにバランスよく筋肉がついた、しなやかな長身が手に入ったとは思えないけれど。

食後には、苺《いちご》の山盛りに甘いヨーグルトをかけたものと、果物のジュースを飲む。青い空を背景に、アズィールはバザールのおおよその歴史や成り立ちを語って聞かせてくれる。それはとても興味深いもので、青はすっかり聞き入ってしまった。アズィールはとても話し上手だ。

「さて、満腹になったし、次はどうする？　四駆を用意させているから、砂漠に出てオアシスを見せてやろうか」

「オアシス……」

「砂ばかりの砂漠の中で、それこそ幻のように水と緑に恵まれた場所がある。澄んだ泉が湧《わ》き、風は冷涼で、花の上を蝶《ちょう》の番《つがい》が舞う。草木は羽根のように柔らかい。とても美しい場所だ」

アズィールの説明で、そこがとても魅力的な場所だと分かるけれど。

「うん、行ってみたい……けど……」

俯く青に、アズィールは笑って分かった、と察してくれた。

青にはオアシスよりももっと心惹かれているものがあった。

さっきアズィールが贈ってくれた仔猫だ。あの仔猫と遊んでみたい。実は、今までの生活で動物を飼う余裕などまるでなかった青は、あの仔猫が気になって仕方がなかったのだ。

王宮に戻ると、青は大急ぎでアズィールの寝室に飛び込んだ。

仔猫はまだ自分の居場所が分からないらしく、小さな白い毛玉のようになってベッドの隅で丸まって眠っていた。

触ってみたいが、起こしていいのだろうか？

メルリアムによると、猫は放っておくと一日中眠っているという。運動も必要なので、無茶をしない程度で遊んでやればいいらしい。

青は散々悩んだ挙句、仔猫に「ブルー」という名前をつけた。日本語に直せば青。あんまり可愛いので、自分との繋がりを何とか作りたかっただけなのだけれど、もしかしたら不吉な名前かもしれない。だがアズィールは青の不安を一蹴《いっしゅう》した。

「それは馬鹿馬鹿しい杞憂《きゆう》だ。俺がどれだけお前を愛しているか散々伝えているつもりだが」

幸せに、健やかに育つに違いない、とアズィールは断言する。

アズィールの言葉は時々、不意打ちのように青の心を揺さぶる。

青はお茶の時間も、食事の時間もブルーを離さずにずっと一緒に過ごした。仔猫は幸い青に懐いてくれて、ちょっと悪戯をして隠れん坊をしてみると、にーにーと悲しげに鳴いて青の姿を探す。

そうすると青は切なくなって、馬鹿な意地悪をした罪悪感に囚われると同時に、ブルーがいっそう可愛くて堪《たま》らなくなる。何の疑いもなく自分を慕う柔らかい、可愛らしい生き物に青は夢中だった。

胸に抱いて眠っていると、公務を終えたアズィールがベッドを覗《のぞ》き込み、やれやれと溜息をつく。衣擦《きぬず》れの音が少し固い。公務にあたっていたので、白い衣装を身につけていたようだ。普段アズィールが着ている黒い衣装は、もう少し柔らかな素材で出来ているのだ。

「失礼、ブルー殿。ほんの少しの間、お前のご主人をお借りしたい」

そう言ってブルーの首根っこを摑み、ベッドの足元へと運ぶ。

そうして青の体に伸《の》し掛かると、愛を込めた口付けを降らせる。寝衣を少しずつ解《ほど》かれていく。

「ん………」

「愛されるべきなのは飽くまでお前なんだぞ。くそ、この俺が猫に嫉妬する日がくるとは思わなかった。それにお前もたいがい薄情じゃないか？　ブルーにばかり構って俺はそっちのけか」

少々悔しそうなアズィールの愚痴が聞こえる。

まだ朦朧《もうろう》としている青が、アズィールには稚《いとけな》く思えたらしい。堪らない、というように、再び唇を奪われた。口腔《こうこう》に、アズィールの舌が押し入ってくる。

「んん、んん……」

徐々に覚醒《かくせい》を促すように、口付けは熱烈になる。舌を吸われ、絡められる。舌裏の弱い場所をちらちらとくすぐられる。そのくすぐったさに、じんと下肢《かし》が疼《うず》いた。合わさった二人分の唾液《だえき》が、口の端からとろりと零《こぼ》れる。

手の甲で唇を拭《ぬぐ》い、青は小さく抗議した。

「だめ、こんな……ブルー、ブルーが……」

「赤ん坊はもうお休みだ」

ブルーはベッドの下のクッションで丸くなって眠っている。

尚《なお》も濃密な口付けを交わし、アズィールは青の性器をやんわりと手の平で摑んだ。そこは、キスの刺激で、充分な反応を見せ始めている。

透き通った先走りを指ですくい上げ、それを青に見せつける。

「や」

「こんなになって、蜜《みつ》をたっぷりと滴《したた》らせている癖に。ブルーに構っている場合じゃないだろう」

「あ、ん………っ、でも、……あ!」

「感じやすいな……。今日は外出して疲れただろうから、あまり無理をさせたくはないが――俺はお前をずっと可愛がっていたい。ちょうどいいものを持ってきているんだ」

青は驚いて思わず体を起こす。アズィールは手に赤く細いリボンを持っていた。銀の鈴のチャームが通されている。

「ブルーの土産《みやげ》にと用意したものだが、それより有意義な使い方があるな」

「え……？」

「お前をずっと愛してやれる方法がある」

そう言って、青の充血した性器の根元を手早くくくってしまう。青は驚いて手で足の間を探った。そこは、リボン結びの可愛らしさとは裏腹に、残酷にもきつく締め上げられてしまっている。

「やだ、こんなのいやっ」

青は体を捩《よじ》ったが、アズィールはまるで意にも介さない。青の両足首を摑み大きく開脚させると目を細めて青の下肢を見つめていた。

「……可愛いな」

そう呟いて、顔を近づける。

途端に、青は異様な感覚に囚われた。体の中で最も敏感な器官。そこを、熱く、濡れた粘膜でたっぷりと包み込まれている。青は、アズィールから口淫《こういん》を受けていた。

「いや………――!!」

青は体を激しく捩り、信じがたい行為から逃げ出そうとする。

「いや、いやっ！　アズィール、放して……っ」

「何故だ？　気持ちよくはないか」

「あぁあっ、ああ！」

含まれたまま話されたため、アズィールの歯や舌が青の剝《む》き出しになっている過敏な場所を不規則に引っ搔《か》き、舐《な》め上げる。激しく狼狽《ろうばい》する青は、足を大きく開かされたまま何とかアズィールの頭を遠ざけようと彼の黒髪に震える指で触れる。

いやだと言っているのに、アズィールは青をリボンが結わえられた根元まで深々と喉の奥に含む。

「ひ……っ！　あぁ――……！」

窄《すぼ》めた唇でゆっくりと上下に青をしごく。唾液を含ませた舌の広い面を使い、真っ赤に張り詰めた先端の粘膜を、ざらりと舐め上げられる。先端の丸みは舌でぐるりと辿《たど》られ、窪《くぼ》みに舌を押し込まれる。根元まで丹念に輪郭をなぞられると、性器が自然と潤《うるお》っていくのを感じた。

アズィールがそれを啜《すす》る水音に、青は体を震わせた。

「そんな、っ……そんな」

自分が潤っていることを知らしめられ、青は赤面した。

「ちゃんと見ていろよ、青。そうでないと、俺はもっと酷いことをするかもしれない」

脅されて、青は恐る恐る顔を上げた。青の性器に愛撫《あいぶ》を加えているアズィールと目が合う。

「そこ、あ、あ、……っダメ……！」

自分の性器をたっぷりと舐め上げ、濡らされていく様を見せつけられる。自分がどんなにいやらしく、淫《みだ》らなのか、アズィールは青に教え込んでいるのだ。けれどそれで青を淫乱《いんらん》だと詰《なじ》っているわけでもない。

青が反応することは、アズィールの喜びになるようなのだ。体の最奥が熱を高め、疼くのが分かる。

「んんっ」

青はびくん、と体を仰《の》け反らせる。アズィールが、性器のまだ後ろにある蕾を指で探ったからだ。アズィールは青の尻を両手の平で覆《おお》い、左右に割り裂くと、そこの具合を目で見て、青をからかった。

「ひくついてるな。まだ何もしていないのに……期待してるのか？」

「や……」

「本当に、お前の体は態度とは裏腹に、素直で可愛い」

アズィールの舌が、蕾を潤わせ始めた。ただでさえ性器から漏れ滴る体液で湿っていた場所だが、アズィールはその小さな窄まりを、濡れた舌で、もっともっと柔らかく解こうとしている。

「いや……！　アズィール……！　お願い、そんな風にはしないで」

「そんな風、とは？」

「あ、あ……、舌を」

青は羞恥に顔を背け、こくりと喉を鳴らした。

「い、れないで」

「ふうん？　何故」

唇を退ける代わりに、指がそこに触れる。唾液で潤んで過敏になっているその柔らかな場所にかすめるように何度も触れて、感触を楽しんでいるのだ。

「そ、そこは、……汚い場所だから………」

「馬鹿な。お前の体に汚い場所など一点たりともあるものか」

「…………………」

乱れた呼吸のまま押し黙る青に、アズィールが容赦なく指摘した。

「本当は、感じすぎるから、嫌なんだろう？」

はっと息を呑んだが、遅かった。

「や――――――!!」

固く力を込めた舌が、強引に青の中に潜り込んで来たのだ。

アズィールの舌は熱い。それが力を込め、強引に青の中へと潜り込み、ゆっくりと唾液を流し込んでいく。さんざんに濡らされた後、指を一本挿入された。アズィールは、指を前後させ、青の中は本当に狭く、熱いと言う。

この場所を穿《うが》ったとき、己を押し包む柔らかさと熱さが堪らなく心地いいのだと言う。

「俺としたことが、お前のこの感触を思うだけで何も我慢が利かなくなる」

「あっ、あっ、あ！」

指を前後されるに従い、襞《ひだ》が中へ食い込んだり、外へ引き出されたりする。そこも、アズィールは舌で逆撫《さかな》でるようにして舐め上げる。

青は初めての責めに、甘い声を上げ続けた。リボンで締め上げられ、射精を阻《はば》まれているというのに、こんなに酷い仕打ちを受けて、青の中で行き場のない欲望が荒れ狂っている。

青は堪らず腰を揺らし、半泣きになって、アズィールに哀願した。

「ああっ……アズィール、も、…………かせて……」

「駄目だ。一度達したら、ブルーと遊び疲れたお前は俺を放って先に眠ってしまう」

そんな薄情な真似《まね》は許さないと言う。アズィールが青の感触に満足するまで、青はこのまま戒められているしかないのだ。

アズィールは健康な男子として、当然の欲望を抱《いだ》いている。恋人を貪《むさぼ》っても貪っても、また飢え渇く、若い健やかな獣の欲望だ。だが青にはアズィールほどの体力はない。感じすぎて、焦《じ》らされて、早く達したい体はますます過敏になる。

内部を擦《こす》り上げていた二本の指が、内側に鉤状《かぎじょう》に曲げられ、青の足がぴんと反り返る。

「あ――――……、あ――――…」

強い刺激に、まるで射精したかのように体が痙攣《けいれん》した。身体を襲う強烈な感覚に、青は怯《おび》え切ってかぶりを振った。

「いや、いやや、もういや………」

「どうした？　青」

黒い瞳がこちらを覗き込んでいた。右目に、キスをされる。官能の渦中にいることは、誤魔化しようがない。

「………、あ、あ……っ、おねがい……」

遮二無二アズィールにしがみつき、勝手に揺れる腰を、アズィールの衣服に擦《こす》りつけた。

限界がきているのに、今のままではどうしようもない。

「いきたいのか、青。俺の情けが欲しいか？」

こちらを慈しむ、優しい声音に、青はどきどきと胸が高鳴るのを感じていた。せめて口にするのに少しでも恥ずかしくない言葉を選びたかったが、思考力が覚束《おぼつか》ない。

結局、幼児のように拙《つたな》い言葉でどうにか哀願することになる。

「欲しい……、いきた……い、お願い……」

「いいだろう」

アズィールが幸福そうな笑顔で、青の汗ばんだ額に口付けた。

リボンを外して、と夢中で腰を浮かしたのに、アズィールはそれは駄目だと笑って、青の両足を掲げる。充血したまま放置された性器が、ふるりと揺れた。

「ああ、ん……」

「一緒に行こう。お前の様子を見ていると、俺もだんだん堪らなくなってきた」

アズィールの若い熱が押し当てられ、窄まりにゆっくりと押し入ってくる。青は声もなく体を仰け反らせ、アズィールをきつく締め上げた。

「……きついな、お前は本当に」

「ああ……っ」

根元まで収まると、アズィールがいきなり律動を始める。

「ああっ、あっ！　ああぁん！」

されるがままに体を揺らし、青は右手の指を食《は》む。左手は、まだ不自由な性器を堪らずさすっていた。早く、早く、――いきたい。

「自分でおいたをするなよ、青」

そう言いながらも、拙く自分を慰める青を、愛しそうに見下ろしている。身の内にいるアズィールを食い締め、その熱に喘《あえ》ぎながら、戒められた性器の先端を夢中で扱き上げる。

普段の思考だったら、とても考えられない媚態《びたい》をアズィールに晒《さら》している。

「ん、んあ……、ああん……！」

「そう……可愛いな、青。もっと悦《よ》くなれ」

珍しく、アズィールの声にも、余裕がない。一心に、青の体を貪っている。断続的な抽挿の度に青は嬌声《きょうせい》を上げ、快感を積極的に追い、自らアズィールの動きに合わせて腰を揺らした。

「あ……っ、あああん！」

青はもう限界で、リボンで狭められた性器からはとろり、とろりと白濁した体液が溢れ出す。性器を伝うその温かみさえ、青には快感だった。

青は薄っすらと目を開けた。睫毛《まつげ》に涙を溜《た》めて、アズィールに訴える。

「アズィール……」

「青、……一緒だ」

アズィールの責めがいっそう強く激しくなる。

快感にのた打ち回る

熱烈な口付けを受け、口腔も犯されながら、リボンが解かれた途端、青は解放され、極まった。

「――――――っ！」

同時に、内奥に熱い迸《ほとばし》りを感じ、小さく呻《うめ》いたアズィールの体が覆い被さってくる。

体を重ね合ったまま、しばらく互いの荒い呼吸を聞いていた。

アズィールもとても気持ちがよかったのだと思うと、何故だか不思議な気持ちがする。無意識のうちに汗で濡れた彼の髪に触れ、お互い目を合わせると、言葉もないまま深く口付けを交わす。

青は今夜も濃厚な官能に満たされた。


天蓋《てんがい》から垂れる三重の紗のカーテンの向こうには、朝の清涼な光が満ち満ちていた。

青はぼんやりと体を起こす。

すっかり着崩《きくず》れしているが、着ているのはアズィールが贈ってくれた日本の浴衣だ。淡い菜の花色の布地に艶《つや》のある色糸で紋白蝶や草花が刺繍《ししゅう》されている。生地はとても柔らかく、やんわりと肌に添う。

「…………ん」

まだ眠っているアズィールが、ごろりと寝返りを打つ。それが癖なのか、美しく筋肉のついた腕で、額を隠すようにしている。朝日にはまるで気付かず、健やかな寝息が続いていた。

公務がたいそう忙しいらしく、昨晩は夜が更けてから寝所にやって来た。

それから、先に眠っていた青の隣に潜り込み、夢うつつの青に何度もキスして、ゆっくり覚醒させながら青の薄い寝巻きを解いて――

途端に青は赤面する。

――疲れてるなら、あんなことしなければいいのに。

心の中でそう呟いて、ベッドを下りる。着崩れた浴衣をぐいぐい上に引っ張った。浴衣など着たことがなかったので、左前になっているのにも気付かず適当に細帯で体に括《くく》りつける。そして青は笑顔になった。浮き立ったような気持ちで薄い掛け布団をめくると、仔猫が待っていたとばかりに顔を覗かせる。

「ブルー」

青の小指の先端がやっと入るような小さな口。そこから覗いた舌が、ぺろぺろと青の指先を舐める。

「そっか、ご飯だよね。その前にちょっと散歩しよう？」

仔猫を腕に抱き、青は裸足のままテラスへと出る。トラハルディアは灼熱の国だが、それでも朝はまだ涼しい。

アズィール自慢の薔薇《ばら》園には芳《かぐわ》しい花の香りが漂っていた。朝露を滲《にじ》ませた花々も、太陽の光を感じて誇らしげに顔を上げようとしている。

ブルーの頭を撫でてやりながら、青は不思議な気持ちになる。

日本から連れ去られ、凌辱《りょうじょく》された。アンクレットを足につけられ、花嫁と呼ばれる一方で、性奴隷とされて襲われたり、散々な災難に遭った。すべてアズィールの起こした気紛れのせい――

いや、そもそもはこの大嫌いな右目のせい。やはり、この目は自分に災いしかもたらさない。

すべての出来事が天変地異のようで、緊迫した囚われの日々を送ることになるものだと思っていた。それなのに、青は今、仔猫を抱いて、朝の薔薇園を歩いている。

俺、けっこう、図太《ずぶと》いんだな……。

日本に帰りたい。この国を出たい。王子様の気紛れに、これ以上付き合えない。体も、心も、もう好き勝手に弄《もてあそ》ばれるのは嫌――

そう思っていた。今も、そう思っている、はずだ。

それでも素直にこの宮にいるのは、足首につけられたアンクレットのせい。性の奴隷として凌辱されるのが怖いから、アズィールに従っているしかない。

延々そんなことを考えながら、ブルーを腕に薔薇園を小一時間ほど散歩しただろうか。寝所へと戻ると、目を醒ましたアズィールが複数の女官に取り囲まれていた。

湯浴みを済ませた後、女官たちに身繕いをさせているのだ。だが今日は、室内の様子が違った。女官の数が多く、空気が奇妙に緊張している。

アズィールが身に纏っているのも少し着崩したいつもの衣装ではなく、完璧《かんぺき》な正装だ。立て襟の真っ白な長衣は無駄な皺《しわ》が一切よらない硬めの生地で、頭衣は背中にくるほどの長さだ。緩く革の腰紐《こしひも》が締めてあり、そこに弓形の刀剣を携えているのがローブ越しにも分かった。質素だが凛々《りり》しく、王族としての品格と美貌《びぼう》が引き立つ。

着付けが終わり、朝日の差し込む寝所に立っているのは、気品に満ち溢れた若き王子だった。

「もうよい。下がれ」

アズィールは自分でサファイアの指輪を嵌《は》めながら女官たちに短く命じる。そして笑顔になると、テラスの入り口からまごまごと室内を見ていた青を呼び寄せる。

「すまないな、今日は外国から来客があって、丸一日そちらに付き合うことになってる。父上の祈禱の七日間がもうじき明けるから、祝いの宴《うたげ》に参加する客が多くなるんだ」

「忙しくなるの？」

「外交は俺の主たる公務だからな」

アズィールとセフィルトは、神殿に篭っている父王に代わって、公務を執っているのだ。自分にも充分構っていたが、アズィールは本当は毎日公務でたいそう多忙だったのだろう。

昨晩は、諸大臣を交えた政策に関する議事でセフィルトと意見がぶつかり、散々議論した。それで寝所に戻るのが遅くなったのだそうだ。

「歴史上、一つの国に複数の国王がいて民が栄えた例は皆無だ。相手が兄上でなくとも、政論をすれば必ずどこかで衝突する。だが、たかだか七日、父上不在の合間に国を守れないとあっては俺に王子を名乗る資格はない。兄上も無論、それは分かっているだろうが俺たちは互いに譲り合う仲でもない」

公務に加え、あと二日で神殿から姿を現す父王を迎える儀式と宴の準備も進めなくてはならない。青に構えないことが心底残念そうで、青は気恥ずかしいような、照れ臭いような、居心地の悪い気持ちがした。

——丸一日、アズィールの顔を見ることがない。

気のせいに決まっているけれど、少し残念な気がする。

「お前のことはメルに相手をさせるよう言ってあるから、何も心配しなくていい。そう、それからこの小さな護衛にもお前の無事を頼んでおこう」

青の腕に抱かれているブルーの喉元を、指先でくすぐる。ブルーはくるくると喉を鳴らしてアズィールに応《こた》えていた。ふと、アズィールの眼差しが厳しさを帯びる。

「分かっていると思うが、くれぐれも、一人でこの宮を抜け出すなよ?」

青は咄嗟にアンクレットに目を落とした。アズィールは、まだ青に自由を許してはいないのだ。このアンクレットがある限り、青は彼の花嫁という立場を、受け入れなければならない。

「これを外してくれるつもりはないの、……かな」

「少なくともお前が俺に愛していると言うまでは」

一瞬、交わし合った視線に、青はどきりとする。

「許せ。お前を愛しているからこその疑心だ。アンクレットなどと古い仕来りを持ち出してお前を拘束して……我ながら狭量だと思ってる」

漆黒の瞳に浮んでいた厳しさが消え、ふわりと優しい光が灯る。大きな手の平で青の後頭部を引き寄せると、子供同士がするように、こつんと額を合わせた。

「俺はお前が可愛い。……お前が好きなんだ」

一瞬、青は大きく狼狽した。

ベッドの上で散々、好きだとか可愛いだとか言われているはずなのに。そんなもの全部、アズィールの軽口だと分かっているはずなのに。

こうして向き合ってその言葉を丁寧に差し出され、青の胸は幸福感で満たされた。そんな自分をどう受け止めればいいのか分からず、青は不貞腐《ふてくさ》れた顔でぷいと横を向くしかない。

「……アズィールって、ちょっとバカだよね」

「お前、俺が一国の王子であることを忘れてないか?」

アズィールが苦笑する。忘れてはないけど……と口ごもる青を、しばらく見つめていた。

「行ってくる。朝食はメルととれ。よい朝を」

両開きの扉が開かれる。ものものしい衛兵を背後に連れ、王子は速やかに立ち去った。

朝の湯浴みは、女官たちの手を断った。

猫脚の西洋風の陶器の浴槽は人目にはつかないが日当たりのいいテラスに置かれ、いい香りのするオイルと花びらが散らされている。朝湯の気持ちよさに青は浸った。

湯浴みを終えると、青は用意されていた日本の浴衣に袖を通した。藍色と白の格子に楽しげに遊ぶ兎《うさぎ》が描かれた浴衣に、緋い帯。明らかに女性のものだ。

「どうせ着るなら、男物にしてくれたらいいんだけど……」

多分、柄が可愛いからという理由でアズィールがこれを選んだのだろう。袖を通し、いい加減に着付けをしながら自分の部屋に帰る。ブルーはベッドの枕のあたりで腹這《ば》いに寝そべり、朝寝を楽しんでいる。青はブルーを抱いて、窓辺に立つ。日がさっきより、少し高みに上がっている。

何気なく振り返ってみれば、王宮中心部の最上部に一本の幟《のぼり》に旗が二本掲げられていることに気付いた。

いつも薔薇園の方向ばかり見ていたので、今朝まで気付かなかったのだ。

風にはためいているオレンジ色の旗は二辺が長い二等辺三角形で、中央にこの国で崇《あが》められる太陽神の徽章が描かれている。

「あの旗が気になる？」

　薔薇園を抜けてやって来たメルリアムに尋ねられる。青が頷くと、メルリアムは手の平で太陽の日差しを遮り、目を細めて説明をくれた。

「もともとは七枚吊るされていたんだよ。国王陛下が神殿に入られて、一日が過ぎる度に一枚を下ろしていく。祈禱の七日間が明ける日を知らしめるためにね」

　旗が日没に一枚ずつ下ろされていく様子は、テレビやインターネットのニュースでも告知される。

　やがてすべての旗が下ろされた時、国民は国王が一年に一度の務めを無事果たしたことを喜び、それぞれの家庭で宴会が開かれる。この日ばかりは、太陽を崇めるトラハルディアの国民も夜通し大騒ぎをする。この王宮でも神官が取り仕切る式典が催され、その後は盛大な祝宴が開かれるそうだ。

　自分はそのとき、国王の前に引き出され、アズィールが東洋の島国から連れ帰った花嫁として紹介されるらしい。

　アズィールは本気で、自分を花嫁にするつもりなのだ。ただの悪ふざけにしては度が過ぎている。そんなに、この奇妙な右目が気に入ったのだろうか。

　疑問が晴れないまま、テラスでメルリアムと一緒に食事をとった。

　メルリアムの生まれ故郷である英国風のオムレツやかりかりに焼いたベーコンが皿に盛ら

れたイングリッシュ・ブレックファーストを食べ終えた後は、ブルーにももちろんミルクを与える。小皿に垂らしたミルクを小さな赤い舌が一心にすくう様は、たいそう微笑ましく、いつまで見ていても飽きない。

「ずいぶん気に入ってるんだね、その猫」

熱い紅茶を飲むメルリアムに尋ねられ、青は照れ笑いをする。

「俺、動物を飼ったことないんです。全然興味もなかったんです……自分が立ってるだけで精一杯で。だけど、傍に置いてみたら、こんなに可愛いなんて思わなかった」

メルリアムはそう、と何ともなしに頷く。

そうして、今日は青に重要な用事があるからと、寝所を出て別の部屋へと連れられた。青はブルーを抱いたまま、メルリアムの後ろを歩く。

「何の用事があるんですか？」

メルリアムが肩を竦めて、辿り着いた部屋の扉を開く。ガーネット色の絨毯《じゅうたん》が敷かれたその広い部屋には方々に巨大な鏡が持ち込まれていた。

十数人の女官が控えており、青を見るなり一斉に制服のスカート部分を摘《つま》み、深々と頭を下げる。嫌な予感がして部屋の中央を見れば、金色で装飾された煌《きら》びやかな長い長いハンガーラックには何十枚もの衣装が吊るされていた。その傍には、透明なガラスの箱に靴や装飾品が個々に詰められている。

青は思わず、数歩退いた。

ああ、まさかと思うけど――

つい昨日、山ほどの衣装の試着を何度もさせられたことを思い出す。何十種類とある衣装の中からほとんどやけっぱちで、数パターンを選んだ。その衣装が出来上がってきたのだ。もう二日後に王国の祈禱の七日間が明けるので、仕上がったものの中から儀式や宴で着る衣装を決定するのだろう。また、女の子の衣装をとっかえひっかえ着せ替えられるということだ。

煌びやかな部屋に恐れをなしてついつい後ずさりをする青の首根っこを、メルリアムが素早く捕える。

「こら、逃げるなよ。アズィールにはくれぐれも君に似合うものを選べと言われてるんだ。公務が忙しくて衣装合わせに立ち会えないことを悔しがって地団太を踏んでいたから、下手《へた》に選ぶと俺が恨まれる」

さあ、と肩を押されて、青はあっという間に女官たちに取り囲まれ、着ていた浴衣を剝《は》がされてしまった。

様々な色合い、肌触りのトウブにミシュラフ、オーガンジーやレースを多用した西洋風のアンティークなワンピース、日本ではそれこそ女の子が着るような、少し露出が多いスリップドレスにショール。着物にチャイナドレスまで仕上げられている。

衣装を変える度に、ネックレスやイヤリングなどのアクセサリーも取り替えられ、髪の毛をいじられて、薄く化粧まで施される。

メルリアムは感心したように、着付けられる青の様子を見ている。

「これは困った。君は何を着ても似合うな」

「馬鹿なこと言わないで下さい。俺は男なのに、こんなのみっともないだけです」

それでも、聖堂での儀式に着る衣装を、どうあっても決めなければならないのだ。

もうへとへとになった青は、やけになって一着の衣装を選んだ。

柔らかい水色のトウブだった。男物と明らかに違うのは、袖が百合《ゆり》の花びらのように可憐に広がっている。その上から体の線を隠すように、袖がなく、丈の長い藍色のチョッキ《ジレ》を着、胸高に銀色の帯を締める。

それはこの国の女性の正装でもあり、アズィールもとても気に入っていたものだ。別に、アズィールを喜ばせるつもりはないけれど……この国の式典に出席するのなら、この国の風習に則《のっと》るのが一番いいように思う。

何にせよ、青には女の子の衣装の良し悪《あ》しなどまったく分からない。

「アズィールより先に君の晴れ姿を見て、あいつには恨まれるな」

「もう試着はしませんからっ」

すっかり疲れ切った青は、メルリアムにそう苦情を漏らす。脱いだ衣装や、外した装飾品は女官たちによって大切に仕舞われる。青は寝所から着て来た浴衣を大急ぎで羽織った。これだって女物で、着るのは不本意だけど、日本で多少見慣れていた分、気持ちが落ち着く。

しかし、青のいい加減な着付けを見て、メルリアムがやれやれと肩を竦めた。

「おいで、俺が着付けよう。せっかくの博多織が台無しだ」

寝巻きに着ていた浴衣はもうぐしゃぐしゃになってしまっていたので、着替え用の部屋にある別の一枚を持って来てくれる。桔梗の柄の涼しげな一枚だ。それに黄色の帯を合わせ、するすると青に浴衣を着せつける。

「どうして日本の浴衣の着方なんて知ってるんですか？　それも女物なのに」

「……さあ、どうしてだろうね」

メルリアムは苦笑しただけで、答えをくれなかった。

「この染めつけられているのは桔梗《ききょう》の花かな。君によく似合うね」

「花の名前のことはよく分からないです。でもこの花は、日本ではよく見かけます。花屋の店先や、民家の庭で」

ふと、数日遠ざかっている日本の風景を思い出した。子供の頃に過ごした田舎街や、中学校を終えて出て来た都会の空気。青の表情に、敏《さと》いメルリアムは何かを察したようだ。

「日本が恋しい？」

青は無言で顔を上げる。メルリアムは腕組みをして、青の表情を見下ろしていた。

「まだ日本に帰りたいか？」

「それは……」

帰りたい、と言えば、また酷い言葉を聞くことになるのではないか。

数日前、君には帰る場所なんてどこにもない、帰りを待つ人たちもいない。

そんな風に言われたことを思い出す。青は目を伏せたが、しかし、顔を上げた。

「だって俺は、この国の人じゃないから。俺は、アズィールに気紛れでこの国に連れて来られただけだし……。アズィールがそのうち俺の目に飽きれば、勝手に帰るように言われるだろうけど、それだったらもう、今すぐに帰りたいです」

「君は、何か大きな思い違いをしてるんじゃないかな」

メルリアムは飽くまで軽やかな口調で、けれど緑の瞳は思慮深く青を見つめている。

「一国の王子が気紛れに花嫁の披露をすると思うか？　この国では一夫一婦制がとられている。無論、愛人を何人持とうと個人の自由だし、王族の離婚も珍しくはない。だけど、他国と同じく、結婚は飽くまで御神を前にした神聖なものだよ」

「…………」

青には、メルリアムの言葉が理解出来なかった。戸惑い、俯く青を、メルリアムは優しく諭す。

「何も鎧《よろ》う必要はない。あいつの言葉を、君は素のままで受け止めてみたらいい」

正午が近づき、神殿の方向から神を称える祈りの歌が風に乗って流れてきた。聖なる都の空気が、少しずつ荘厳な気配を帯びていくことを青は感じる。都の民は待っているのだ。神への祈りを終え、国王が姿を現すそのときを。


それから二日後。とうとう今日、神事が明け、国王が七日ぶりに姿を現す。

その日の早朝、アズィールはメルリアムを含めた複数の護衛を従え、寝室を出て行った。王族だけが立ち入ることを許される水殿で身を清めた後には香を纏い、最正装をして儀式が行われる聖堂へと先に入るそうだ。

王子たちだけでなく、儀式に参加する者たちは皆、衣装を改め、体を清め、準備をしなければならない。

今日ばかりはブルーと遊んでおられず、メルリアムが用意してくれた猫用のゲージに入れておく。

「帰ったら遊んであげるからね。いい子でここで待ってて」

ブルーの喉元を手の甲で撫でてやったその時、聖都ギシューシュの大地が一瞬揺らめいた気がした。低い風鳴りが王宮の周囲を巡っている。地震かと思ったが、それが人々の歓声だと気付いて、青は呆然《ぼうぜん》とした。

テラスへ出ると、王宮に掲げられた最後の旗がとうとう下ろされた。王が神殿より御姿を現したのだ。国王が統治する国だということは分かっていたが、たった一人の人間が、これほどに人々の心を囚えるものだとは理解していなかった。

「すごい……」

風を受け、青は呟く。アズィールの父王は、確かに賢王であり、国民に絶大な支持を受けているという。

現王その人から期待され、その人気を上回るほどの支持を集めるアズィールは、青の想像を遥《はる》かに越えた地位を持っているのだ。兄のセフィルトの胸中は、いったいどのようなものだろう。

――そして、男の身の上で第二王子の花嫁として披露される自分に、どのような運命が待ち受けているのだろう。

すべての準備が終わると、花で飾られた籠《かご》に乗せられ、式典が行われる聖堂へと連れられた。太陽神が祭られる、この国で最大規模の聖堂は、巨大な丸いドームを持ち、四本の尖塔《メナーレ》が周囲を威嚇するかのように天を射している。まるで要塞《ようさい》のようなものものしさだが、内部は打って変わって壮麗だった。

アーチ型の梁《はり》が何重にも重なり合い、そこに幾千本の蠟燭《ろうそく》が灯されている。窓という窓には唐草が描かれた美しいステンドグラスが嵌め込まれ、壁には金、朱、濃紺のタイルがびっしりと張り巡らされている。

正方形の式典の間の中央部分を空けて、一階には貴族諸侯が集っているらしい。青は人々が注視する中、太い柱の陰に導かれる。そこで披露のときを待つということらしい。

この人いきれの中で注目を受けながら、青は不思議と緊張も不安も感じなかった。

今、目の前で起こっていることを現実として認識できていないからだと思う。胸高で着ている衣装が窮屈で、溜息が零れる。

「青」

やはり正装したメルリアムが片手を上げ、こちらに近付いて来た。普段はアズィールの目付け役をしているが、彼自身も侯爵家の長男であり、この場に立つに相応《ふさわ》しい地位を持っているのだ。

青の手を取り、一周くるりと回転させてみせる。着ている衣装の裾がふわっとめくれ上がった。

「やはりよく似合ってる。アズィールがすっかりやにさがってるぞ」

メルリアムにつられて見上げれば、二階にはぐるりとバルコニーが張り出している。真正面には王族が座し、アズィールがこちらを見下ろしているのが見えた。その隣には無表情ながら居を正し、セフィルトが座っている。その最前部に置かれた黄金の玉座はまだ空席だ。

これから登場する国王のための、至高の座だ。

バルコニーの端の目立たない場所に、白いベールを目深に被った女性がいる。それがアズィールの義母、セフィルトの母親である正妃だとメルリアムが教えてくれた。この国では王族や貴族の女性は公の場には滅多《めった》に姿を現さないと教えられたことを思い出す。重要な式典だから今日は出席しているが、飽くまで目立たない場所に控えているのだ。

振り向けば、後背部には、巫女《みこ》たちが九人並んでいる。真っ白い衣装で顔の下半分を隠し、さらに中央にいる人物の前には白い紗が垂らされている。その向こうに、巫女たちを統べる老巫女が座っているという。

この国の政権と宗教の最高権力者が一堂に会しているのだ。

「俺はアズィール殿下の幼馴染《おさななじ》みにして親友の身分だ。アズィールとセフィルト殿の花嫁披露の折りまで君に付き添うよ」

「え？　アズィールのお兄さんも、花嫁の披露をするの？」

「そう。兄弟は、互いに見付けた花嫁を披露し合うんだ。彼らの『青い宝石』をね」

「え――――？」

「周囲が騒々しいのは、王位継承者争いの勝者について噂してるからだ。長い航海の最中、どちらが老巫女が予言した本物の『青い宝石』を手にしたのか、それとも、互いが紛い物を摑んだか――――」

『青い宝石』。メルリアムは何の躊躇《ためら》いもなく『青い宝石』という言葉を口にしている。

「『青い宝石』を花嫁にすることが必要なんだ。第一王位継承権を得るためにはね」

トラハルディアに連れられてすぐ、セフィルトの宮に入り込んでしまったとき、セフィルトはアズィールにこう問うたのではなかったか。

――それがお前が見付けた『青い宝石』か？

だがその後、その意味を尋ねたとき、メルリアムはアズィール共々、青の聞き間違いだろう、と少し素っ気なく答えた。青はそれで納得した。けれど今はもう、メルリアムはその言葉を隠し立てしない。『青い宝石』とは何を意味するのかも。

『青い宝石』とは、この国の第一王位継承権を得るために必要なもの。彼らは外交目的でなく、その宝石を見つけるために長い航海に出ていた。ようやく見つけたそれを、自分の未来の花嫁を、この場で披露し合う。

では、『青い宝石』とはいったい何のことなのだろう？

それがなければ、アズィールは国王にはなれない。そして、アズィールの花嫁として、今から国王の前に引き出されるのは――

「メル……」

青は酷い胸騒ぎを感じて、メルリアムを見上げた。メルリアムの横顔は静穏だ。青の動揺も、これからこの聖堂で何が起きるか、見透かしているかのように。

「静かに。陛下のお出ましだ。頭を下げて」

疑問を口にすることが出来ないまま、静寂《せいじゃく》が周囲に訪れた。広大な聖堂に集っていた全員が両手をローブの裾《すそ》に隠し、深く頭を垂れている。頭上で、ささやかな衣擦れの音が聞こえた。衛兵の号令があり、一斉に面を上げる。

青は、この国の最高権力者の顔を仰ぎ見た。いかにも威厳のある、堂々たる体格をした、壮年の男性だ。黄金の玉座の光が霞むほどの凄《すさ》まじい存在感。長い歴史を持つ大国を統べるに相応しい風格を纏っていた。

「あの人が、王様……」

「そう。トラハルディア現国王陛下。アズィールとセフィルト殿下の父君だ」

メルリアムがそう答える。

二階では、セフィルトとアズィールが席から立ち上がり、再び最敬礼を行う。口上を述べたのは兄王子であるセフィルトだ。

「国王陛下にあられましては七日間の祈禱を終えられ、尚ご健勝であられることを恐れながら深くお慶《よろこ》び申し上げます」

メルリアムが耳元で日本語に訳してくれる。

「予は予の務めを果たした。セフィルト、アズィール、我が二人の息子たちも息災で何よりだ。長い船旅からよくぞ無事に戻った。老巫女の予言をそれぞれに果たしたようだな。結果はまだ分からぬが、そなたらが国家の安寧のため、『青い宝石』を力を尽くし探し求めたことを予は誇りに思う」

そうして両手を広げ、二人の息子を促す。聖堂が、静かに緊張感を高めたのが分かった。

「さあ、そなたらが大海を渡り見つけた『青い宝石』を予に見せよ」

その順番は予め決められていたようだ。当然、正妃の嫡男であり兄王子であるセフィルトが先だ。

セフィルトが視線で階下に合図をすると、護衛に導かれ、青と同じく東洋人らしい長身の美女が現れた。セフィルトは、東京港の次に向かった香港で彼女と出会ったと高らかに語る。

彼女は千年前に中国西北部で隆盛を誇った西夏王朝の流れを汲《く》む旧家の末裔《まつえい》であり、代々の家長には家宝である巨大な瑠璃《ラピスラズリ》が伝えられている。ラピスラズリはこのトラハルディアでも神事に使われる聖なる石であり、それがまさしく予言の『青い宝石』に違いない。

セフィルトは傍に控えていた従者に指示し、ビロード張りの大きな宝石箱を開かせた。

「これが彼女の一族から特別に預かったラピスラズリです。国王陛下、老巫女、聖堂内の王侯貴族諸氏、どうぞご覧を」

宝石箱の中の大きなラピスラズリに、周囲からほう、と溜息が上がる。

「……馬鹿げた茶番だ」

メルリアムが皮肉そうに呟いた。

「セフィルト殿下にしては、ずいぶんな粗造りだ。アズィールが先に帰国したことでずいぶん急かれたようだな。余程、アズィールに先駆けられるのを嫌ったらしい。君がいる以上、最早無駄な抵抗に過ぎないのに」

アズィールが自席から立ち上がり、視線でメルリアムを促した。

「アズィール殿下のご指示だ。さあ、行こうか」

青はメルリアムに軽く肩を抱かれ、国王の視線を全身に受ける聖堂の中央へと導かれる。

「あ、あの……」

青は困惑していた。疑問は溢れそうなほど胸の内に湧いているのに、聖堂に満ちるただならぬ気配に圧倒されてしまう。

自分が何のために人々の前に引き出されるのか、青はまだ把握出来ていない。それが不安でならない。

「大丈夫。君がこの国に不慣れな外国人であることは、陛下にお伝えしてある」

「メル、待って……『青い宝石』って？　俺に何の関係があるの？」

「君のその右目こそが、アズィールの将来を決める『青い宝石』だっていうことさ」

アズィールは、ただ単に青に一目惚《ぼ》れをしてこの国に連れ帰った、と言っていたのに。

ただただ、青のことが好きだから、アンクレットで青を縛り、彼の宮へ閉じ込めたと言っていたのに。

青の右目にこの国の王位継承が関わっているなど、彼は一言も言わなかった。訳が分からないまま、けれど気が付けば、青は聖堂の中心部に立たされていた。アズィールが青を見下ろしている。見慣れた黒い両の瞳。そこに一瞬、苦悩が浮んだ気がしたが、彼は目を伏せた。

「その者が、――私が見つけた『青い宝石』です」

青は不思議な気持ちでアズィールを見上げる。メルリアムだけでなく、アズィールまでが、自分のことを『青い宝石』と呼ぶ。

周囲の貴族たちはさわさわと不審げなざわめきを立てていた。理由はすぐに分かった。

「異議を申し立てる」

セフィルトが立ち上がった。

「我が弟、アズィールよ。その者の、『青い宝石』の験《しるし》はどこにある？　見たところ、平凡な少女にしか見えないが」

アズィールが無言で真横の兄を見遣った。兄弟の間で、青白い火花が弾《はじ》けるのを、青は見た気がする。兄弟でありながら、二人は憎悪と言っていいほど互いを嫌っているのだとはっきりと分かった。

「お前は『青い宝石』を見つける長い船旅に飽いていた。そこに立っているのは、お前の船旅を終わらせるために『青い宝石』と捏造《ねつぞう》してこの国へ連れ帰った、ただのはした女《め》ではないのか」

「いかな兄上と言えど、私の花嫁を賤《いや》しめるご発言はお控え願いたい。船旅は老巫女の聖なる予言に基づき行われたもの。それを汚すような真似は致しません」

「お前の気紛れでいい加減な気性は、国王陛下はもとよりここに座する王族諸侯にも周知のことだ。神託に粗略を働いたとしても今更誰も驚かぬ」

「私の花嫁の証は外面からは決して分からぬものです。さらに具陳致すれば、その者の名前は青。日本語で太陽神のおわする大空の色を意味します」

兄弟の問答は、静かだが激しいものだった。メルリアムが背後で溜息を吐く。

「……セフィルト殿下は、アズィールの宮に密偵を放って、事前に君の身体的特徴を調べてたんだろうね。つくづく生真面目な方だ」

セフィルトの詰問は留まらない。ますます勢いを増し、アズィールを責め立てる。

「『青い宝石』とは飽くまで宝石ぞ。宝石とは色鮮やかに光を放つもの。その者のどこに宝石としての験があるのだ」

この聖堂で、国王を始め大勢の高貴な人々が見守る中、兄弟が言い争っているその理由が、だんだん、青にも分かってきた。

青に、――――今の青には、『青い宝石』と呼ぶに相応しい特徴がどこにも見えないからだ。

青は一心にアズィールを見上げている。アズィールは微笑し、悠然と兄に答えた。

「私には花嫁が秘した験を人前で晒すつもりはありません」

「――その者が『青い宝石』であると明瞭に証明出来ないならば、アズィールに王位継承の資格はない。それどころか、陛下や妃殿下、老巫女の御前にて不敬を働いたことになる。分かっているのか、アズィール」

青の目は、興奮しなければ変色することがない。もちろん嬉しくて興奮することもあるが、たいていは悲しい目に遭い、涙を流すとき――そして、官能に溺《おぼ》れているときに秘された色を露わにする。

だから、アズィールは人前で青の右目を変色させることを拒否している。

――彼が、青を大切にしてくれている証だった。

でも分からない。どうして、今ここで右目の変色を晒さなくてはならないのか。自分は、アズィールの花嫁として披露されるとだけ聞かされていた。それだけでも奇異な話なのに、どうしてこの上、ひた隠しにしている青い目を晒さなくてはならないのか。

青の心臓は、不安に痛いほど激しく脈打つ。知りたくはない疑問の答えに半ば気づいていたからだ。

「国王陛下」

背後にいたメルリアムがその場に膝を折った。聖堂中の視線が彼に集中するが、何ら臆した様子はない。

「メルリアム・ジョサイアです。御前にて発言することをどうぞ御許し下さい」

「ハリード侯爵家のジョサイアか？　よかろう、許す」

メルリアムが謝意を表し、深々と頭を下げる。メルリアムは立ち上がると、ローブの脇《わき》に隠し持っていた包みを取り出す。厚手の布に包まれた椰子《やし》の実ほどの大きさの荷物だ。

「私から未来の妃殿下に献上致します」

そう言って頭を下げ、包みを青に差し出す。布地の中の何かは、とても柔らかい。メルリアムは美貌に笑みを浮かべたまま、ゆったりと両手を袖の中に隠し、青に囁いた。

「包みは、ここで開けない方がいい」

「………え？」

「小刀で一突きにした。あの子には可哀想だったが、これもアズィールが王位継承権を得るためだ」

その小さな包みを、青に手渡す。「何か」を包んだ布地は分厚いが、ところどころに染みが出来ている。それは不吉なほど赤い、鮮血だった。

青はすうっと血の気が引くのを感じる。

「君に仔猫を贈るといいと、アズィールに進言したのは俺だ。今日、この日の供物にするためにね」

ふらりと足元がぐらついて、布地がかすかにめくれた。見えたのは血まみれの肉塊。青が何度も撫でてやった、白く繊細な体毛——そして刺さったままの小刀の柄。

「ああ……っ」

青は悲鳴を上げた。

青が可愛がっていた小さな猫。それがこの布地の中にいるとメルリアムは言うのだ。ブルーはぴくりとも動かず、体毛が赤く染まるほど血を流している。青はがくがくと体が震えだすのを感じた。この場で布地をめくる勇気はなく、ただ覚えのある重みを胸に抱き締める。

「ブルー…？　ブルー、そんな、どうして……っ」

あんなに小さな生き物が、こんな無残な目に遭うなんて。いったいブルーが何をしたというのだ。体が震え、涙が溢れる。右目がかっと熱くなるのを感じる。

「青、上を向くんだ」

メルリアムがやや性急に、青の肩を押した。力の入らない青の体は人形のように前へ傾き、かくんと顎《あご》が持ち上がる。

聖堂の丸く青い天井が見えた。そして青を注視する王族諸侯たちの驚いた表情。

「さあ、ご覧ぜよ！　アズィール殿下の花嫁は右の目に青き宝石をお持ちになっている。この美しい青こそがアズィール殿下と共に未来のトラハルディアに繁栄をもたらす『青い宝石』である！」

メルリアムの言葉が高らかに聖堂に響く。青の右目を見た人々は驚嘆し、大きなどよめき

が起こった。変色する瞳。まさに神がもたらした奇蹟《きせき》だと。

どよめきが、少しずつ静まり返っていく。涙を溜めた目で背後を振り返ると、二階バルコニーから、左右を若い巫女に支えられながら、老巫女が階段を下りてくる。目深にヴェールを被り、その表情は見えないが、乾いた強風に吹かれるような圧倒的な気配を感じた。

青の片手が恭《うやうや》しく取られ、老巫女が何かを呟く。

——末永く、王子とお幸せに——

何故だろう。この国の言葉はまったく分からないはずなのに、青にも彼女が何を言ったのかはっきりと分かった。

この国のさらなる繁栄をもたらす花嫁の出現に、聖堂が再び歓喜の声に満ちる。

後日の立太子式をもってアズィールをトラハルディアの正統な王太子とする——

国王の威風堂々たる宣言と共に、天井から色取り取りの花びらが降ってくる。儀式は王国の繁栄に狂喜する怒濤のような熱気の中、終了した。

アズィールがバルコニーの上から青を見下ろしているのを感じた。第二王子でありながら、今、第一王位継承権を得た。彼が長い間渇望していたその地位を、青がもたらしたのだ。

小さな仔猫の命を犠牲にして。

そうして青はまた、一人だった。

誰も信じられない、心を許せない。絶望的な孤独が青を囚えていた。

寝所に帰っても、青は涙を流したまま、血塗《ちまみ》れの包みを決して放さなかった。一緒に遊んだブルーの姿を思い出すと、あまりの悲しみに体が震え、次から次に溢れてくる涙を止めることが出来なかった。

聖堂での神事が終わり、王宮ではこれから夜通し開かれるという宴の賑《にぎ》わいが、風に乗ってこの寝所にまで聞こえてくる。

「青……」

扉が開き、アズィールが姿を現した。

国王と共に宴の中心にいなければならないだろうに、賑わいを抜け出して青の様子を見に来たらしい。だが青は決してアズィールを見ることなく、ただベッドに座ってブルーを抱いていた。

アズィールはしばらく青を見下ろしていたが、珍しく困惑した様子で口を開いた。

「青、衣装に血がついている。湯浴みをしよう。それも……いつまでも抱きかかえていても仕方がない。土に還してやらなければ」

「……仕方がないって、どういうこと？」

青は咄嗟に顔を上げた。

「青……」

「なんで、こんな酷いことをして平気な顔してるの？　アズィールだってブルーを可愛がってたのに、何とも思わないの……？」

そしてずっと抱えていた疑問が、唇から零れ落ちた。

「王位継承権に必要な『青い宝石』って何？　それは、俺のこと？」

――俺がお前に恋をしたから。

だからトラハルディアに青を連れ帰った。アズィールはそう言った。兄王子との王位継承権を巡る争いに勝つために、青の奇異な右の目が必要なのだと、そんな説明は一切しなかった。言ってみれば、アズィールは青の右目だけが必要だったのだ。ただ青に逃げ出されると困るから、愛しているとか、可愛いとか、花嫁にしたいだとか、あんな破廉恥《はれんち》な仕打ちまで行ったのだ。

いや、今は自分のことなどどうでもいい。自分のことなら耐えられる。

ブルーへの仕打ちは許せない。

自分が化け物だ、気味が悪いと罵《ののし》られるならまだよかった。暴力を振るわれることも、今更なんとも思わない。けれど、何故、何の罪もない仔猫を犠牲にしたのか。

自分の右目のせいで、あんなに愛くるしく、見る者を幸福にした仔猫が無残に殺されてしまったというのか。

そう思うと胸が苦しくて、自分も死んでしまいそうに思う。

「ひどいよ……、ひどい……！」

左腕で大切にブルーの亡骸《なきがら》を抱きながら、右手の拳《こぶし》で何度もアズィールの胸を打つ。アズィールは何を反論するわけでもない。青がしたいようにさせている。

「どうして……!?　どうして……！　ブルーを返して」

「青」

「あんなに小さかったのに。まだ子供だったのに。幸せになる仔猫だってアズィールが言ったのに……！」

青は絶望的な気持ちになった。もしかしたら、自分が飼い主となり、青《ブルー》などと名付けたから、この子はこんな酷い目に遭ったのだろうか。自分はやっぱり疫病神だったのか。

慟哭《どうこく》する青に言葉をかけることも出来ず、アズィールは立ち尽くす。

「青」

そのとき、テラスへの扉を開け放ち、庭からメルリアムが室内へと入って来た。

「それは違う。その包みについては、俺が一存で仕組んだ。アズィール殿下は何もご存じない。今、殿下が無言でおられるのは殿下が一人だけ責任逃れをするような卑怯な方じゃないということだ。アズィール」

メルリアムが緑の瞳を眇《すが》める。

「……いや、アズィール王太子殿下。このメルリアム・ジョサイアに詰問されるべき事柄があるはずだが？」

そのおどけたような態度が、アズィールの気持ちを逆撫でしたようだ。

「貴様……」

アズィールが大股《おおまた》にメルリアムに詰め寄り、その胸倉を掴む。固めた拳が、メルリアムの整った横面を打った。メルリアムの長身が、どっと壁に叩《たた》きつけられる。

「何故こんな真似をした！　あの儀式で青の瞳を晒さないということは、お前には話していたはずだ！　それも、こんな惨《むご》い真似を……」

「待てよ、アズィール。十年来の親友にこの仕打ちか？」

メルリアムは切れた唇を手の甲で拭った。怒りのあまり、酷く興奮しているアズィールの前で、呆れたように肩を竦めてみせる。

「その親友が何故こんな真似をする!!」

「お前を王位につけたいからに決まっている」

メルリアムが何の悪びれもなくそう答えた。

「俺はセフィルト殿下とお前と、子供の頃から三人で同じ教育を受けた。いずれ王となる人と同じ視点を身につけるためだ。だが俺は、今、お前の側にいる。何故だか分かっているはずだ」

セフィルトより、アズィールが王位に相応しいと、メルリアムは判断したからだ。自分が一生を捧げて尽くすのは、第二王子の方だと。

「確かにお前の弁舌は見事だ。青が劣等感を抱いている右の目を衆目に晒すことなくあの場を凌《しの》ぐつもりだったようだが、それは甘い。俎上《そじょう》に上がっていたのは王位継承権だ。お前が青の右目を見せない限りは、セフィルト殿が簡単に退いたとは俺には思えない」

何故なら、セフィルトは自分が連れ帰ったあの美女が『青い宝石』などとは思っていなかったからだ。メルリアムはそう言った。セフィルトはあの美女に対して何の霊感も感じなかっただろう。

だがセフィルトは、青の瞳は平常時は黒いという情報を得ていたのだ。青の瞳は感情を高ぶらせなければ色を変えることがない。アズィールは青が『青い宝石』であるという証拠を提示出来ない。

そこを突《つ》けば、セフィルトが連れた美女が『青い宝石』として認定されなくとも、アズィールも『青い宝石』を見付けられなかったということだ。セフィルトは勝者にはなれないが、少なくとも敗者にもならずに済む。次の勝負で、弟を叩きのめせばいいだけの話だ。

「あのまま、セフィルト殿下の言うままに、お前が見つけ出した『青い宝石』を否定されてもよかったのか？　お前が青と共々、陛下を謀ったとして不敬罪に問われるのを俺に見過ごせと？」

「俺はそんな愚鈍な真似はしない。たとえ父上の御前であっても、何とでも切り抜けてみせた」

「無論、お前は愚鈍ではない。だがまだ若い。聖なる力を持つ老巫女には『宝石』の証を示すなど必要なかっただろうが、あの場にいた王族・貴族諸侯は神事については凡人だ。どれほどお前が青を『宝石』、と言い張っても、それが事実であったとしても、目に見えないものはいずれ何らかの不信を招いただろう。セフィルト殿下は必ずそこを攻撃するぞ。小道具を用意して芝居を打ってでも、お前は青の瞳を国王陛下に披露しなければならなかった」

「…………」

「妃殿下の御子であるセフィルト殿を打ち負かし、正統な王太子となる。そしてこの国を繁栄させる。それがお前の野望だったはずだ。俺はそれを知る親友として出来る限りのことをした。批難される謂れはない」

「だからと言ってこれほど非道な真似をしろとは言っていない！」

「非道と罵られるとは心外だ。その包みをよく見てみろ」

　メルリアムが首を巡らし、青が抱く包みを示す。

　アズィールは不信そうにメルリアムを睨んでいたが、やがて意を決したように、大股で青に近付いて来た。アズィールの意図に気付いて、青はしっかりと腕の中の包みをかき抱く。

「や……嫌だ」

「青、いい子だ。その包みを俺に渡してくれ」

「いや……っ」

踵《きびす》を返し、泣きながら逃げようとしたが、包みを取り上げられてしまう。

青は必死になってアズィールに縋《すが》った。これ以上ブルーに酷い仕打ちをしないで欲しい。刃物を向けられて、きっと怖い思いをしただろう。これ以上苛めないで欲しい。

しかしアズィールは躊躇うことなく、布地を開いた。途端に、彼が息を呑むのが分かった。

「これは……どういうことだ」

メルリアムが溜息混じりに手の平を開いて肩を竦めてみせる。

衣装箱を覗いてみろ、と言うので、青は慌ててその場所に向かい、膝を折った。そこには籐《とう》の籠《かご》が置かれていて、中からかりかりと音がする。

大急ぎで蓋《ふた》を開けると――そこには元気なブルーがいた。青を見上げ、嬉しそうに鳴き声を上げる。

「布で包んでいたのは調理場から失敬した子羊の肉だ。ブルーの毛並みに似た羊毛を適当に混ぜて作った。俺が非力な小動物に残忍な真似が出来る人間かどうか、人となりをよくよく考えてもらいたいな」

メルリアムの大胆な行動に、アズィールも青も絶句するしかない。

メルリアムがひらりと踵を返す。

「俺はこれで失敬するぞ。主役のお前が宴に不在である理由をでっち上げて、陛下にお伝えしなければならない。後はお二人で。色々話し合うことがあるだろう」

「メルリアム」

アズィールはメルリアムに背を向けたまま、言葉をかけた。

「……悪かった」

「殴られた件は貸しにしておく」

メルリアムは片手を上げて部屋を去った。室内に沈黙が落ちる。

「……分からない」

先に口を開いたのは青だ。戻って来たブルーを大切に胸に抱く。ブルーは無事だった。もうそれだけで満足するべきだ。けれど涙が止まることはなかった。

青はどうしてもアズィールを問いただささなければならなかった。

「アズィールは、俺を利用したの？」

ずっと一人ぼっちだったブルーは、もっと構って、というように青の指を食む。尻尾《しっぽ》ごとくるんと丸まって、青の小指に絡み付いてくる。何も知らず、いつも通り青が遊んでくれると信じているのだ。

青も同じだった。ずっと一人だったから。アズィールが、青をとても大切にしてくれたから。いつしか、青もアズィールに心を許そうとしていた。

「次の王様になるために……お兄さんに勝つために、俺を利用した？」

「そんなつもりはない」

「じゃあ、『青い宝石』って何のこと？　それが、王様になるには必要なんでしょう？　あの航海の目的は、外交じゃなくて『青い宝石』を探すためだったんでしょう？」

「確かにあの航海は『青い宝石』を探すためのものだった。老巫女が予言した『青い宝石』を見つけ出し、花嫁にする。それが次期国王になる条件だった」

「…………………」

「俺は、お前の右目を見た途端にお前が予言の『青い宝石』だと直感した。どんな無茶をしても、お前をこの国に連れ帰るつもりだった。次の国王になるために」

やっぱり――

「だが、俺にとって『青い宝石』はお前の右目じゃない。お前自身だ」

「やめて……」

もう聞きたくない。青のことが好きだと何度も言ったその唇で、そんな風に、青が欲しい言葉ばかりを口にするのはやめて欲しい。

青が目を閉じかぶりを振ると、アズィールはその大きな手で青の両肩を掴んだ。哀願するように青に上を向くように請い、言葉を重ねる。

「これは俺のものだと、俺が一生涯にわたって傍に置き、寄り添っていくものだと気付いたのは、高熱に浮かされたお前があまりにも可哀想だったからだ。体を病んで苦しいだろうに、お前は泣き言を一言も言わなかった。自分が助けを求めても、誰もお前を顧みないことを知っていたからだ」

肩を揺さぶられたが、青はアズィールの顔を見ることが出来ない。

彼の顔を見たら、もう何も聞かずにただすべてを許してしまうことが分かっていたからだ。彼が自分を騙していたことを知って、胸の痛みに気付いてようやく、青は自分が彼に強く強く惹かれていたことを自覚した。

「そんなお前が、俺には些細《ささい》に思えることで驚いたり、怒ったり、笑ったりすることが堪らなく嬉しかった。お前の気持ちを欲したのは、国王になりたいからじゃない。俺がお前を愛したからだ。お前のその右目だけではなく、心が欲しいと思ったからだ」

「……嘘だ」

そう呟くのが精一杯だった。

「俺が、俺の目が、王位を継ぐのに必要だったからじゃないの？　『青い宝石』って俺の目のことなんでしょう？」

「王位継承権を得るに必要な『青い宝石』の話をすれば、お前がそうして猜疑心《さいぎ》に囚われるのが分かっていたからだ。出会ったときから、お前はその右目を理由に、周囲に対して固く心を閉ざしていた。もしも俺が、お前のその青い目が必要だなどと言ったら、お前はますます自分の瞳を呪《のろ》っただろう」

もしもそう言われていたら、確かに青は自分の青い瞳だけを求められているのだと、アズイールに不審を抱いたに違いない。

「俺には権力がある。嘘をついてお前を騙さなくとも、俺はお前をどこかに監禁することも出来た。父上の御前で、お前が耐えることが出来ないほどの暴力を振るえば、お前のその瞳を青くすることも出来た。そうしなかったのは、俺がただお前が大切でならなかったからだ」

「そうしてくれた方がよかった……！」

青はそう叫んでいた。ずっと俯き、無感情に生きていたはずなのに、今は心の中に吹き荒れる悲しみを堪えることが出来なかった。

優しい嘘なんかいらない。真実だけをくれたらよかった。後で、もう一度彼がくれた優しさを疑うことになるくらいなら。他人から見て、自分がどれほど奇異な存在なのか、それをもう一度目の前に突き付けられるくらいなら。

「嘘つき！　嘘つき……！」

可愛いなんて、好きなんて、ただ青を懐柔するための嘘だったのだ。青の生い立ちをアズイールは把握している。出会った頃、青が非力なくせに頑《かたく》なで無愛想だった理由をアズィールは知っているのだ。

ほんの数日前までの日常だ。青は周囲の他人に関わることを可能な限り拒絶していた。それで右目の秘密を暴かれ、苛《いじ》められることは少なくなったけれど、一人でいる寂しさはいつも心の片隅にあった。

他人を拒否しながら、自分を肯定してくれる誰かに出会いたかった。アズィールに繰り返し繰り返し好きだと、可愛いと言われる度に、疑心暗鬼に囚われながら、それでも最後には彼の言葉を貪るように聞き入っていた。

それはアズィールが自分を懐柔するための餌《えさ》に過ぎなかったのに。

彼は自分がどんな言葉に飢えているか、分かっていて――

「俺が喜んでるの、見ていて、面白かった？」

青は、自嘲《じちょう》を込めてそんな言葉を口にした。

「優しい言葉をたくさんもらって、俺が馬鹿みたいに喜んでるのを見て、面白かった？」

「……よせ青。俺は、少なからず、お前のこれまでの懊悩《おうのう》を理解しているつもりだ。嘘の優しさを与えてお前を喜ばせるような残酷な真似はしない」

「違う。アズィールは違う。アズィールは王子様で……、周りの人は、皆アズィールのことが好きで、王様になって欲しくて。アズィールに俺の気持ちが分かる訳ないよ。アズィールは」

青は顔を上げる。涙が飛び散り、青はアズィールを見つめた。

「俺の気持ちも全部、利用したんだ」

ふっと、アズィールが吐息する。口元に、諦観《ていかん》が入り混じった笑みが浮んでいた。そして一瞬にして、猛々《たけだけ》しい不穏な気配が彼の体を包んだ。

「あ……っ!!」

悪い予感に逃げる間もなく、青は足を払われ、腹這いにベッドに押し倒される。胸高に結んでいた帯が解かれ、両腕を背後で縛り上げられた。

「な……嫌!!」

衣装を背後から大きく捲《めく》り上げられる。下着の類《たぐい》は一切つけていなかった青の下半身は、背後にいるアズィールから丸見えのはずだ。一番見られたくない蕾も――きっと見られている。

「嫌だ、放して……!」

だがアズィールは青を解放することなく、耳元に唇を寄せた。

「確かに、俺はお前を泣かしてばかりいる、嘘つきの暴君かもしれない。お前を傷付けてでも、お前が欲しいと思ってる」

「いやだってば、触らないで!!」

青は両手を縛られたまま必死に抵抗した。激しい応酬があって、けれど結局、青は力では彼に敵わないことを思い知らされる。それどころか、これまでは手加減をされていたのだと分かった。

それほどに、今のアズィールは荒々しかった。

彼の手が青の下肢をまさぐり、性器を乱暴に掴みあげた。少女の衣装を着た青は、酷くうろたえた。

「やだ、嫌だ……っ」

「恥ずかしいか？ 本来なら、この衣装を纏う少女には、こんなものはついてはいないからな」

そのいかにも高価な、繊細な美しい衣装の胸倉を掴み、アズィールは力任せに引き裂いた。

青は勢い余って、腹這いにシーツの上を転がる。無残にもぼろ切れのようになった衣装を纏い、肩越しにアズィールを振り返った。

「今宵は俺が兄上を負かした戦勝式だ。お前はその祝いの供物となれ」

「…………」

「顔を上げろ」

アズィールは重ねたクッションに寄りかかり、青を見ている。悔し涙で濡れた青の頬を手の平で包み込み、その親指が薄く開かれた唇を辿る。

アズィールはふと、その唇に辛辣《しんらつ》な笑みを浮かべる。

「この国で、俺の花嫁となるか、性奴隷となるか——それがお前の運命だった。今宵は性奴隷の役割をくれてやる」

そうして、青を乱暴に突き放す。青は膝だけで自分の体を支えきれず、胡坐《あぐら》を組んだアズィールの足の間に倒れた。

「この愛らしい唇で、俺に奉仕をしろ」

「…………」

挑発的にアズィールが言い放つ。

青にもその意味が分かった。その愛撫を、アズィールは何度も何度も、青にしてくれたからだ。最初は抵抗があった愛撫だが、アズィールのあまりに巧みな性技に青はいつしか溺れるようになっていた。

「先端を舌先で突いてやるだけで、全体への愛撫を期待して、透明な滴りをたっぷりと零すようになったな」

「いやだっ」

青は羞恥にかぶりを振る。しかし、アズィールは傲慢な態度のまま決して許してはくれなかった。

「奉仕されるのはよくて、するのは嫌だと？　ずいぶん傲慢な奴隷だ」

「…………」

「気分が乗らないようなら今から祝宴に出るか？　無論、お前はその格好のままだ。大広間では、まだ大勢の人々が祝いの宴に酔いしれている。肌も露わになったお前のふしだらな格好は、人々を存分に喜ばせるだろう」

「そんな……………っ」

その場面を想像して、青は真っ赤になった。

「嫌ならば、俺の命を聞くことだ。どうする？　青」

青は、膝をつき、シーツの上に屈《かが》んだまま、しばらく沈黙していた。この格好のまま人目に晒されるなんて、到底耐えられない。だから答えは一つしかない。

青は目を閉じ、ごくりと喉を鳴らした。唇を噛み締めながら、膝だけで動き、よろよろとアズィールににじり寄る。青は胡坐《あぐら》をかいたままでいるアズィールの足の間に顔を寄せた。手は背後で縛られたまま、解放されない。

アズィールは頭衣だけは脱いだまま、最正装の豪奢な長衣を解こうとはしない。

「服が……」

「歯と舌で解け。俺は何の手助けもしない」

何の情けもかけない、ということだ。

青は肩を震わせながら、彼の命令に従う。口で食んで刺繍《ししゅう》でずっしりと重たい絹の長衣をめくり、この国では男性だけが身につける白い下衣をぐいぐい引っ張って何とかそれも緩める。まだ萎えたままの、アズィールが現れた。

青は肩で息をしながら、アズィールから目を逸らす。

アズィールは、本当に何の助言もくれない。青が自発的に動くしかないのだ。

「…………………」

羞恥と怯えに、青はかくかくと震え、ぎゅっと目を閉じると、恐る恐る舌を差し出し、アズィールの先端をそっと口に含む。まだ血の気はまるで集っていないのに、舌先にずっしりと重みがある。青は不器用な舌使いで、ちらちらとアズィールの先端を舐める。

「唇や喉をもっと使えよ。俺が散々してやったことだろう？」

命じられ、青は思い切って口腔深くまでアズィールを咥《くわ》える。要領が分からず、喉の奥に先端が触れて噎《む》せたが、アズィールは何の慰めも口にしない。

青は理不尽な気持ちになった。

騙され、裏切られたのは自分の方なのに。何故、アズィールにこんな仕打ちを受けなければならないのだろう？　まるで、彼の方がより傷付いているというほどの、酷い仕打ちだと思う。

何よりも青が悲しかったのは、似た傷を心に持つ彼と、心を通じ合わせることが出来た――一瞬でもそう喜びを感じたことだった。

「ん……っ、ん、ふ……、んぐ………」

青は少しずつ、口淫の要領を得ていた。それはただ、可能な限りアズィールを口腔の奥まで含み、首を前後させるだけのものだ。しかし、こんなに拙い愛撫でも、舌の上のアズィール は確実に育ち、硬度を増していた。

アズィールは苦笑いをしたようだ。

「俺も単純な男だな。下手くそな口技であっても、相手がお前だと思うと気持ちが高ぶる」

先に運ばれ、枕元に置かれていた花酒のボトルを取ると、手酌で美しい切り子細工のグラスに注ぐ。酒を飲みながら、青の奉仕をじっと見つめている。

「上手とは言えないが……、その分、この上下する細腰や小さな白い尻が何とも愛らしい」

杯《さかずき》を右手に、アズィールの左手が青に悪戯を始めた。中途半端に脱がされていた衣装の中に潜り込んできた。汗ばんだ腰を撫で回し、背骨を伝って上半身に上ったかと思うと、布の裂け目から覗いていた乳首に悪戯をする。

「んっん、く……！」

ややきつく右の乳首を親指と中指で摘まれ、それが尖ると、先端を人差し指の腹で擦られる。青はいやいやをするようにかぶりを振る。

布をひっぱり、過敏になった乳首と擦り合わされると、青の背骨には官能が走り抜け、つい、口の中のものを吐き出してアズィールの愛撫に没頭したくなる。

「本当に、お前は感じやすい」

「んん――――っ！」

青がぐもった悲鳴を上げたのは、アズィールの指がいきなり後孔《こうこう》に触れたからだ。

「ああっ、や……ん……」

「この尻に、何度俺を受け入れた？ 最初はいやだと泣いていたのに、最近では自ら腰を振って俺に応える。気付いているか？ お前は俺が、内奥に情けをくれてやるとそれだけで体を痙攣させて悦《よろこ》ぶ」

長い指が、青の顎を取った。口腔から解放され、唇や頬を濡らしていた唾液をその指で拭い取られる。

「あっ、はぁ、は……」

やっと呼吸が楽になり、青はシーツに頬を寄せる。だが、青はアズィールに許されたわけではなかった。かき集めた唾液を使い、アズィールは青の後孔に再び触れ、何の予告もなく、一本を青の中に押し込める。

「ああぁっ」

アズィールの目の前で、腰を高々と上げさせられた惨めな姿勢で、青は蕾の中をかき回される。しかし、痛みはなかった。その恥ずかしい理由を、アズィールは簡単に見抜いてしまう。

「口淫をしながら、俺との交わりを脳裏に浮かべていたんだろう？ 尻を振って、俺を欲しがってこの蕾を綻《ほころ》ばせて――本当に淫乱な性奴隷だ」

「違う……っ」

「違わない。アンクレットが刻むリズムが、俺とお前が交わるときの律動とまったく同じだった」

アズィールの指は、ますます大胆に青の中で蠢く。指の挿入で青が一番好きなのは、根元まで入れてもらって、水音がするほどにぐちゃぐちゃに前後に揺さぶられて——

そうして、内壁がたっぷりと潤み、充血した後で、秘密の凝《ここ》りを優しく撫で回してもらう。そうすると性器はこれ以上なく充血し、張り詰め、恥ずかしい体液をたらたらと零してしまう。アズィールはその様を見て、とても愛らしいと賞賛して、凝りにいっそう強い刺激をくれる。爪の先で軽く引っ掻き、青に嬌声を上げさせる。

アズィールが毎日、濃い官能を与えたせいで、青はもう、そこだけで達してしまうほどに淫らになっていた。

「どうした？　口が留守になっているぞ」

だが今、アズィールはただ単調に一本の指を前後させているだけだ。ちゅくちゅくと、ささやかな音ばかりが背後から聞こえている。

青はもっと強い快感が欲しくて、アズィールの指の根元がもらえるよう、惨《みじ》めに腰を揺らした。

しかし、アズィールは意地悪く、青が欲しがって腰を突き出すと指を退け、焦れて前後に腰を振ると、今度は二本の指で浅い場所をぐちゅぐちゅとかき回す。

もっともっと強い愛撫への期待に張り詰めた性器は、せめてシーツに擦りつけて淡い快感を得た。それはシーツに透き通った染みを作り、アズィールにからかいを受ける。

「ん、ふ……っ」

奉仕をし、性器には愛撫をもらえず、中途半端に蕾を弄り回され、青の体は薄紅色に染まり始める。

アズィールは杯をボトルの傍に置くと、いきなり二本の指を深々と突き立てた。そうして、青が一番感じやすい——まるで神経が剝き出しになっているかのような凝りを、断続的に擦り上げる。

「あっ、あん！　やあっ！　……ああっ！」

いきなり欲しかった愛撫を与えられて、青は堪らず口淫を中止する。背中をしならせ、内部のアズィールをこれ以上なく食い締めた。絶頂感は、凄まじいスピードで体中を駆け巡る。

「いやあぁっ、ああっ！　ああ——……………！」

青はがくがくと体を痙攣させた。

勃起《ぼっき》していた性器が細い針で貫かれたかと思うほどの勢いで、欲望の白蜜が迸る。

アズィールは今、責めを与えたばかりとは思えないほど優しい眼差しで、歓喜の中にある青を見つめている。

痙攣が去り、青の体は力をなくしたようにシーツに横倒しになった。倦怠《けんたい》感と、大きな解放感に、体中を押し包まれて、大きく吐息する。

「何をしてる？　お前の役目はまだ終わってないぞ」

手首を引かれて体を起こされ、アンクレットがしゃらりと音を立てる。――今は、性奴隷としての証のアンクレット。

「何……？　何をするの？」

アズィールは青の体をすくい上げると、腰の上に跨《また》がらせる。青の拙い口淫ではほとんど反応しなかった性器は、今も中途半端に頭を擡《もた》げている。

青が困惑してそこを見つめていると、アズィールは青の胸に口付け、舌先で刺激をする。

「や、んん……」

青の甘い声を聞きながら、アズィールは数回、己を扱き、羞恥に青が目を逸らしているうちに、完全に充溢《じゅういつ》する。

「たったこれだけのことがお前には出来なかった。次は後ろの口で……俺を満足させてみろ」

青に自らアズィールを咥《くわ》え込み、そして彼に跨ったこの体位のまま、彼を満足させてみろ、という。

もちろん、アズィールは何の力添えもしてくれないのだろう。青は、先ほどの口淫と同じく、性奴隷そのものでアズィールに奉仕するのだ。

「そんな、……いやだ……」

しかし、青の拒絶は一切認められない。まだ若い王子は、縛られたままの青に自分で挿入するよう残酷に命じた。

「出来るはずだ。さっき、たっぷり濡らしておいた。まだ足りないと言うなら——」

アズィールはにやりと笑った。シーツに散っていた青の白蜜をすくい、窄まりに塗りつける。

「来い。拒絶は許さない」

アズィールの口調は尊大だった。アズィールの手が伸ばされ、剝き出しになっている青の尻を探る。指を挿入されると、ぐちゅぐちゅと卑猥《ひわい》な音がする。

ここに、自ら、アズィールを受け入れる。

「いつまで押し黙っている？　さっさと言われた通りのことをするがいい」

シーツに膝をつき、青は、足の間にアズィールの欲望を感じる。アズィールは決して青を許さない様子だ。思い切って、少し腰を屈《かが》めたが、そう簡単に上手くいくものでもない。

解され、濡らされた分、青の蕾はぬるつき、アズィールの先端を捉えてもずるりと滑ってしまう。

「あん……っ」

蕾をなぞり上げられるような感覚に、状況にも見合わず、青は甘い声を上げる。何度か挿入を試したが、やはり結果は同じだった。その度に青は胸を反らす。時には性器から先走りを零した。

「ん、ん、あ……っ」

青がいつまでももたついているうちに、アズィールがとうとう業を煮やした。

「お前、そうやって自分が悦くなりたいがためにわざと俺を焦らしてるんじゃないのか？」

「そんな……っ」

青は目を見開き、かぶりを振る。

わざとじゃない。青が羞恥に頬を染めた瞬間、アズィールは焦れたように舌打ちすると、青の腰を力強く摑む。蕾にアズィールの先端がしっかりと添えられ、そのまま、強引に真下に引き下ろされた。

「あああ――っ!!」

散々愛撫を受け、たっぷりと潤っていた柔肉は、ただ従順にアズィールの熱を受け入れる。

挿入の衝撃に青は大きく肩を喘がせ、彼の肩に額を押し当てた。

「はあ……っ、はあ……っ」

だが、アズィールは青を休ませてもくれない。下から軽く突き上げられ、奉仕を促された。

「情けはかけてやった。後は自分で動けよ。ろくでもない口淫しか出来ずにいた罰だ。この格好で俺を満足させてみろ」

それから、青の股間で恥ずかしげに充血しているものをぴんと指先で弾いた。

「やあ……っ」

「中が締まったな」

からかわれて、青は下向き、唇を嚙む。

「嫌だ嫌だと言うのは口ばかりで、本当はお前も、感じてるんだろう？」

言葉で、視線で散々に青を嬲《なぶ》り、それからゆっくりと腰を使う。最初は要領を得ず、腰の上げ下げの具合がよく分からなかったが、たまたまアズィールの先端が、青の一番弱い場所を抉《えぐ》る。アズィールからは決して動いてくれないから、青の体は惨めにもその快感を追って、淫らに、上下に動き続けた。

「あ……………ん、あ…………っ、ん」

鳴き声のような喘ぎを漏らし、上下の動きが、だんだん滑《なめ》らかになる。

アズィールが施してくれるときほどの快楽はないけれど、自分の体のことは、よく分かっている。どうすれば、この惨めな仕打ちを忘れられるほどの官能を得られるか、青はいつの間にか、ちゃんと知っている。

アズィールとの接合部で、青が腰を使う度に、ぐちゅ、ぐちゅ、と激しい水音が起こる。

引き裂かれた衣装の内側は、もうびしょ濡れだ。

「ああ……っん、ああ……、あ――――」

「悦さそうだな、青」

アズィールが面白くもなさそうに呟いた。時折青の乳首や性器に触れる以外は、休息を許さず青に奉仕をさせている。

「この形の玩具を与えてやれば一日中でもそうやって、一人で遊んでいられるんじゃないか？　意外に、俺の花嫁として正妃になるより、性奴隷の方が向いていたかもしれないな」

あまりの暴言に青はきつく唇を嚙み締めるが、優位に立っているのは飽くまでアズィールだ。

「時間切れだ。焦らされた分、存分に味わわせてもらうぞ」

アズィールはいきなり、乱暴に青を突き上げてきた。

「――ああああっ」

悲鳴を上げ、体を反らせる青をベッドに押し倒し、彼本位の抽挿を始める。背中に回った両腕が痛い。

だけど、それ以上に、こんな風に足を開き、アズィールを受け入れ、青は自分が二度目の絶頂に駆け上がるのを感じる。どんな理性の追従も許さないほど、体を満たす快楽は強烈だった。

ただ、この情事が終わった後、青は対峙《たいじ》しなければならなかった。今、こうして青を情熱的に抱く男の、嘘と裏切りと。

――分かって欲しい。愛しているから、真実を話すことが恐ろしいときもある。

アズィールのその言葉は、今の青には届かなかった。


乱暴な情事を終えた後、両腕の拘束が解かれる。

アズィールはベッドの上で片膝を立て、頭を抱えている。年齢の割りに常に大胆不敵で飄然《ひょうぜん》としている彼が、激情のままに青に乱暴を働いたことを悔やんでいるのかもしれない。

そしてここまでこじれた青との仲を、どう修復すればいいか、悩んでいるのだろう。

「すまなかった。お前がどうあっても俺を信じてはくれないのかと思うと、頭に血が上った」

青はふらりと上半身を起こした。アズィールがはっとしたように顔を上げる。

「青」

「…………」

「動かないで待っていろ。体を拭《ふ》くものと着替えを持ってくる」

王子自ら、青の世話をしようという。出会ったときもそうだったが、彼は青が弱っていると、自分の手で介助しなければ気が済まないようなのだ。アズィールが部屋を出た隙に、青はベッドの下に散らばっていた衣装を適当に身につけ、ふらふらと寝所を出た。

体の汚れなんて、痛みなんて、どうでもよかった。それよりも、アズィールの傍から離れていたかった。

いつか青の瞳を綺麗だと言ってくれたのが、本当は泣きたいくらい嬉しかった。

彼と違って自分は器用な性質ではないから、心の距離を縮めるのにはまだ時間がかかるだろう。この特異な右目を持って生まれた時点で、自分の人生はもう平坦なものではないと覚悟していたから。まさか、外国の王子様に花嫁として連れてこられるなんて思ってもみなかったけれど――――そんなことを、いつか遠い未来に笑って話すことが出来たらいいのにと、心のどこかで願っていた。

でもそんな日は、もう永遠に来ない。自分が滑稽《こっけい》だった。

この青く変色する瞳のせいで、どれほど傷ついたか分からない。この先も、どこにいても恐らくずっと、幸せになんてなれない。

石畳を青は裸足のまま、よろめきながら歩き続けた。

でも、もういい。もう何もかも、どうでもいい。

――――帰ろう。日本に帰ろう。

どうやって帰ればいいのか分からないけれど、祖国に戻っても、幸福になどなれるとは思っていないけれど。

それでも初めての失恋の痛手から逃れられる。

「……失恋？」

そう呟いて、やっと、青は自分の胸の痛みに気付いた。信じていた人に裏切られた。そんなことは初めてではないはずなのに、かつてない、息が止まりそうなほどのこの胸の痛みの正体は、青も知っていた。

恋した相手に手酷く裏切られた、それは紛れもなく失恋だった。だからこそ耐え難いほどに痛いのだ。

真夜中の薔薇園を、乱れた格好のままふらふらとさ迷い続ける。不意に、真上から黒い布が降って来た。アンクレットの決まり事を思い出したが何もかもがもう手遅れだった。

薔薇の香りも、アズィールの気配も、何もかもが闇に消えた。


ぴたん、と水滴が頬に落ちた。

目を開けると、青は冷たく湿った石の床の上に横たわっていた。うめき声を上げたのは、体中のあちこちが酷く痛んだからだ。何日かにわたって凄まじい暴力を受け続け、足の爪は二枚剝がされている。

咄嗟に思い出せない。ここはどこなのか、何故自分がここにいるのか――

黒い布で顔を覆われた青は、アズィールの宮から攫《さら》われた。そうして布を払われたときには、セフィルトの宮の、謁見の間で後ろ手に縛られ、転がされていた。

アズィールの宮から青を攫うよう命を出したのは、セフィルトだったのだ。

アズィールとの情事の後、裸体の上にいい加減に着付けた衣装はぐずぐずに着崩れしていたため、セフィルトは青が男だとすぐに気付いたようだ。いくら性的なことにも寛大なこの国といえど、重大な神事で同性を花嫁であると紹介するなどと、不真面目にもほどがあるとセフィルトは弟の奔放に毒づき、ここからの問答は別の場所で行えと衛兵に命じた。

同性に体を許す恥知らずで不潔な異国人など、自分の傍に置くには汚らわしい。目にも入れたくないという様子だった。

「方法は問わない。その者の右目が変色したら、私に報告しろ。あの弟がすることだ、何か狡猾《こうかつ》な仕掛けがあるのかもしれない」

青が連行されたのは背の高い石造りの塔で、セフィルトの宮の隔離された場所にあった。そこで青は、木製の椅子に座らされ、衛兵たちから尋問を受けた。一番最初に、今すぐ右目を青くしろと命令された。だが青はただじっと沈黙し続けた。セフィルトが何を考えているのか分からないが、彼の意に沿うことはアズィールの不利に繋がるのだと直感したからだ。

頑なに無反応でいる青に苛立《いらだ》ったのか、衛兵の尋問は徐々に激しくなり、平手で顔を殴られ、石の床に椅子ごと倒れると体中を足蹴《あしげ》にされた。腹部を踏みつけられ、嘔吐《おうと》するまでそれは続いた。やがて器具を使う拷問が始まり、その間、青は両手を握り締めて堪《こら》えた。痛みでは、もう感情が高ぶることはない。

けれど、唇を噛み締めながら拷問に耐え抜く青には、別の責めが待っていた。

何をしてもいい、とセフィルトは言ったのだ。

牢《ろう》の錆《さ》びた鉄格子の向こうに、ざわざわと人の気配がした。人が――男たちが集まっている。その全員が、無防備に床に転がる青を見ている。最初は薄暗くて、何が起こっているのかまるで分からなかった。

けれど徐々に目が慣れ――衛兵に先導され、鉄柵の向こうに集まっているのは、腕に手錠をつけ、揃《そろ》いの貫頭衣を着せられた男たちだと分かった。衣装の胸にランダムに数字が入っている。もしかしたら、何某かの重犯罪を犯した囚人なのかもしれない。

彼らは剝き出しになった青の肩や足を眺めてはにやにやと何かを囁き合う。口笛や、卑猥な笑い声も聞こえる。衛兵が、鉄格子の入り口を開くと、十数人にも及ぶ男たちは我先にと牢屋の中に入り、青を取り囲む。

悪い予感がして、青は立ち上がれないまま、腕の力だけで牢の隅へと逃げる。

この男たちは終身刑を言い渡された重罪人だと青を尋問した衛兵が言った。今から、この全員に、青を順番に犯させる、と。

アズィール第二王子をたぶらかした薄汚い男妾。己が右目の秘密を明かせというセフィルト王子の命にも頑なに従わない。最早どんな情けも無用、性に飢えた囚人たちに貪《むさぼ》られるがいい。

「ひ……」

青はあっという間に男たちに取り巻かれ、その一人に湿っぽい石の上に押し倒された。石の冷たさのせいだけではなく、青の全身から血の気がひいて凍え切ってしまっていた。

「……あ、あ……」

青の胸元や内腿《うちもも》をまさぐる男たちのじっとりと汗ばんだ熱い指先、獣じみた欲望が、生温《なまぬる》い風となって青を苛む。

両膝が掴まれると、股関節が外れてしまうほどの勢いで左右に開かれる。痛みとともに露わになった場所は、男たちの性欲の前に無防備になった。いったい自分は今、何人の男に囲まれ、何人の男に体をまさぐられているのか。

ごつい体格の一人が、青の上に伸し掛かる。その重みで青は息も出来ないほど苦しいのに、げらげらと笑い声が聞こえた。ささくれ立った指先が、青の蕾に押し当てられる。怯えた蕾は、乱暴を嫌ってきゅっと収縮する。

「――――」

一人が青の尻を鷲掴みにし、左右に押し開く。蕾を見下ろし、指で擦りながら何かを言うと、いきなりそこに唾を吐きかけた。

あまりの仕打ちに青は息を呑んだが、他の囚人たちはげらげらと笑う。きっと下品な冗談が交わされたのだろう。唾液をかけられた場所はおざなりに指で寛《くつろ》げられる。

「やめて……っ、やめて、下さい」

何もかもがアズィールとは違う。

太陽のように明るく、笑顔が似合うあの王子様とは違う。これから起こる惨事への恐怖よりは、何故かアズィールへの思慕が胸いっぱいに広がる。皮肉なことに、別の男たちの劣情が、アズィールが青に向けた情熱を思い出させた。

それまでは何をされても堪えることが出来たのに。脳裏を過《よ》ぎったアズィールの笑顔に、どうしようもなく胸が痛む。自分から逃げたのに、まだうじうじと彼を思い続ける自分の物分りの悪さが、いじましく惨めで、ただ悲しかった。

「あっ」

男の一人が再び伸し掛かってきた。青は体を二つ折りにされ、両手は万歳の格好で黴臭《かびくさ》い床に押しつけられる。何の準備もなく、蕾に凶器を押しつけられた。男の性器は長く太く、太い血管が浮いてとても醜い。先端からはだらだらと卑しい先走りが零れ、性器全体を濡らしている。

「うう……」

粘ついた、気味の悪い感触が粘膜に押し当てられた。男は青の中に無理やり侵入しようとしているのだ。しかし多少濡らされても窄まったままの蕾は開かれることを拒んで、男の性器はずるりと青の腹の辺りを滑った。

怯えてぱくぱくとひくついて開閉する蕾を誰かが指し示し、周囲からまた笑いが起こる。挿入しやすいよう、これも唾液で濡らした数人の指が、蕾の周囲を擦り始める。蕾が、ぬるついた唾液でぐちゅぐちゅと濡れていく。

青は悪寒《おかん》に体を震わせた。

「いや……いや………っ」

皆、早く最初の男が青を犯し、果てて、次に自分に順番が回って来るのを待っているのだ。

青の嫌悪と恐怖が極みを越えた。

「や――！　やだあ………！」

無力にも、泣き叫んで怯える青の狂態が面白いのか、男たちは青をいっそう拘束する。

――もうダメだ。青はゆっくりと絶望の涙が頬を滑り落ちるのを感じる。

男の性器が再度、青の蕾に押し当てられる。さっきよりもっと力強く、青の内奥を求めている。自分はきっと滅茶苦茶に引き裂かれる。

しかし、拘束が突然に緩んだ。衛兵たちが警杖《けいじょう》を持って、囚人たちを青から引き離し、出口へと追い立てる。囚人たちの方が圧倒的に数が多く、一瞬暴動でも起こりかねないような不穏な空気が満ちたが、衛兵が銃剣を取り出すと、不満そうながら列をなし、牢から出て行った。

衛兵が恐れをなしたような顔でこちらを見下していることで、青は自分の目が変色したことに気付いた。

セフィルトが現れたのは数分後だ。

「やっと正体を現したか、化け物め」

セフィルトの声は不機嫌だった。青への疎ましさもあるだろうが、群れて欲情した男たちの気配がまだ残っている。それに耐え難い不快感を感じたらしい。

セフィルトは灯りをテーブルの上に置かせて、連れていた衛兵らを青の傍から下がらせた。

厭わしげに青を一瞥《いちべつ》する。

「汚いなりだ」

触れるのも汚らわしいという風に、一歩離れた場所で青の瞳を見下ろしている。生真面目な人だと聞いているが、潔癖でもあるらしい。美しい、綺麗なものしか見も触れもしたことのない高貴な場所にいる人なのだ。

「式典の際には、さすがにアズィールが見出《みいだ》しただけあって、聖堂に相応しい美しさだと思ったが。いい加減な性質だが、弟の審美眼は、あれでなかなか優れているからな」

セフィルトがアズィールを褒めるとは思わなかったので、青は少なからず驚いた。だが、それは違った。

「あれの母親はもとは宮中で働く織女《おりめ》だった。美しい布を織り上げる名手だったようだ。あれは、母親の血を濃く継いでいるんだろう」

飽くまで、アズィールの出自を見下しているのだ。そのことに対して、青は腹立たしさより、悲しさを感じた。

「何か仕掛けがあるのかと思ったが、それは生来の特徴か？　外国にはこういった化け物がいるわけか。確かに不思議な青色ではあるが、こんな貧相な異国人が、我が国の王位、ひいては我が国の未来に関わっているなどと老巫女も耄碌《もうろく》が進んだらしいな」

青はのろのろと体を起こす。これ以上見られたくないという意思を示すため、片手で右目を覆い、俯いた。

半分はアズィールと血が繋がっているはずなのに。

どうしてだろう、この人の言葉はどこにも温《ぬく》もりがない。太陽を崇める国の王子のはずなのに、この人の傍にいても、少しも暖かく感じない。

「三日後、お前をここから別の場所へ移送する。代々の国王が、政治犯を幽閉するために使った地下牢だ。あまりにも地中深くにあるので、私も最近までその存在を知らなかった」

君主制において、別の統治思想を持つ政治犯は死刑にすら値しないほどの重罪人だったのだ。国王に刃向かう者たちを太陽神から生涯引き離すために造られた地下の牢獄が存在するらしい。

日の光が一切差さない、蠟燭の明かりを入れることも許されない。日の光から引き離される、ということは、太陽を崇めるこの国の人々にとってはどんな拷問も及ばぬほど残虐《ざんぎゃく》な罰だ。多くの者が、完全な暗闇の中の、狭い牢獄の一室で、一生を終えたと言う。あまりに非道な罰だということで、近代化が進んでからは使用されていなかったそうだ。

「お前はそこから永久に出ることは出来ない」

「…………」

「もう二度と、お前が我が神を仰ぐことはない。お前の存在は闇に封印される。その右目と共に」

青はまだ反応が出来なかった。

暗闇の中に一生閉じ込められる。その処遇に、まだ現実味がなかったのだ。

「罪人の移送は人目に付く。アズィールは今、血眼《ちまなこ》になってお前を探しているはずだ。だが、三日後ならば、あれもお前を探すことは出来ない。三日後の正午、あれの立太子式が西の神殿で行われる。西の魔女たちからの祝福を経て正統な第一王位継承者となる儀式だ。もっとも、儀式の直前には、『青い宝石』が姿を隠したと私が明かす。アズィールがせっかく手に入れた王太子の座もふいになる」

青が地下牢にいることを、セフィルトが教えるはずがない。アズィールは青を探して日本へ行くだろうか。青を探し出し、この国にもう一度招こうとするだろうか。そしてもう決して逃げないよう、どこかに閉じ込めようとするだろうか。それは不安であるはずなのに、何故か淡い、期待に似ている。

「俺のことは、どう話すつもりなんですか？　どこに行ったと……」

「王位継承権の争いに巻き込まれることに怯え、お前は故郷へ戻ったと私からアズィールに告げよう。そうすればあれも最早お前を追うまい。『青い宝石』とはいえ、お前は異国の平民。それを追って縋るなど、トラハルディア王族の名折れだ。卑しい生まれの弟だが、そこまで無様な真似はしないと願いたいが」

――卑しい生まれ。

何の躊躇いもなくそう言い放ったセフィルトを、青は力なく見上げた。そうして彼が弟を蔑ろにするからこそ、兄弟が不仲なのだと、もしもセフィルトが不遇の過去を持つ弟を慈しむ気持ちを一欠片《ひとかけら》でも持つことが出来たならば、アズィールは喜んで次期王位を譲ったであろうことを――この人は一生理解しないだろう。

「どうした？　私に何か意見をするか？」

「アズィールは……」

青は静かに口を開いた。

セフィルトの瞳を見つめる。

あまり似ていない兄弟だと思ったけれど、こうして真正面から対峙してみれば、やはり面立ちがどこか似ている。切れ長の意志が強そうな目の辺りが兄弟そっくりだ。

「アズィールは、卑しくなんかありません」

はっきりと、青はこの国の第一王子に告げた。

「自分なりの正義を持っている、王様に相応しい人です。正義のために、どんな苦労もきっと厭わない。そんな人が、他人のためにどんなことでも出来る人が、卑しいなんて……生まれでその人を貶《おとし》めるなんて間違ってる」

この人に、アズィールが愛するあのバザールの活気ある賑わいを見せてあげたいと思った。アズィールがどんな風に国民に愛されているか、どんな風に国民を愛そうとしているか。

この国の太陽神など信じないと言いながら、彼自身が日の光に満ち満ちた存在だった。もしも無冠のままであっても、人々はアズィールを慕うだろう。

もしかしたら、と青は思った。

セフィルトは、二つ年下の弟であるアズィールに強い劣等感を持っていたのではないだろうか。セフィルトは、国王としての資質がアズィールより劣ることを無意識に自覚しているのではないか。だからこそ、自分の母親が憤懣《ふんまん》に駆られてアズィールを虐げていても、止めることはしなかったのではないか。

「俺を、閉じ込めるなんて、しなくていい」

青は小さな声でそう言った。殴られて切った唇が痛む。蹴り上げられた肋骨《ろっこつ》の辺りは深く呼吸すると痺れるように痛みが走った。

「俺と、この目と俺を引き離してしまえばいい」

「それが出来るなら簡単だ」

セフィルトの口調は恬淡としている。無論、彼も、青の右目を潰《つぶ》してしまうか摘出することを考えたはずだ。だが生きた人間から、奇異ではあれ健康な眼球を取り出してしまうことを躊躇《ちゅうちょ》したのは、それが残酷だから、ではない。セフィルトは、他人に痛みを与えることに、罪悪感を感じる人間ではない。

「お前がもう、その目を持たないなら、日本に帰してやっても構わない。お前にはもうこの国にいる価値がない。だが、古書によれば、『青の宝石』に害をなすものは、その場で万雷に打たれて死ぬらしい。そうなれば、私も王位継承どころではなくなる」

「じゃあ、俺がやります」

「……何だと？」

「俺が自分でやるなら問題ないでしょう。俺はこの国の人間じゃないし、この国の神様も信じていません」

だからと言って、どこかの国の神様を信じているわけではないけれど。

「それに、少なくとも、今はこの目は俺のものです。俺がどうしようと俺の勝手でしょう」

自分の目なのだから。この目がもたらす苦しみと悲しみを、青はずっと一人きりで耐えて来た。だから神様にも咎められたくない。それくらいの自由はもらってもいいはずだ。

青は力なく、壁際を見た。

暴行を受けて怪我《けが》をした腰や腹が痛み、立ち上がることは出来なかったので、冷たい床をのろのろと這いつくばるようにして壁に近寄る。そこに立てかけてあった刃の分厚い剣をどうにか手に取った。

禍々《まがまが》しくも重量のあるその刃物は、青の足の腱《けん》を切るために、セフィルトが用意したものだ。地下牢に閉じ込めるだけでは安心は出来ない。万一助けが来ても、簡単には脱出出来ないよう、足の機能を奪おうとしていたらしい。

青の意図には気付いているだろうが、セフィルトは何も言わない。

「二つ、お願いがあります」

「……言ってみるがいい」

「右目を潰したら、俺を日本に帰して下さい。監視をつけてくれても構いません。ただ、もうこの国とは関わらず生きて行きたいです」

「いいだろう。二つ目は」

「この、足のアンクレットを……」

青は眼差しで自分の足首を示した。この薄暗い室内にも、宝石は燦然《さんぜん》と輝いている。

「外して下さい。自力ではどうやっても外れないから」

このアンクレットは、青がアズィールのものだという証だ。

片目だけになった視界にも、このアンクレットが映ればきっと悲しい。この国のことも、あの王子様のことも、すべて忘れてしまいたい。

青はその場に膝をついた。傷だらけの、力がまるで入らない腕を叱咤《しった》し、どうにか剣を捧げ持つ。

唇から洩《も》れたのは、安堵の吐息だった。これで終わる。やっと決着が着けられる。

目を潰したらきっと痛いだろうが、この胸の痛みほどではないだろう。

恋する人が自分を騙し、利用していた。その事実に傷付き、疲れ切った心の痛みほどではないだろう。

もう悲しまなくていい。目を見開いたまま、顔上に剣を振り上げると、最後に、鋭い刃物の切っ先が光ったのが見えた。

三日後、青は北ギシューシュにある飛行場に立っていた。日本に帰るためだ。

この国の王族専用機を使うようセフィルトは言ったが、青は拒否した。もう、この国には、特にこの国の王族には一切関わりたくないと思った。セフィルトはそれ以上は青には何も強制せず、ただ偽造の旅券が用意された。

王宮からこの飛行場まで、青には三人の護衛がつけられた。護衛、と言えば聞こえはいいが、要は監視だ。シャツのポケットから旅券を取り出そうとする青を彼らは無表情に見ていた。

今は、右目に痛みはない。しかし右目は真っ白な包帯で覆われ、片目だと上手く距離が測れなくて、荷物一つ探すにもまごついてしまう。

空港はたいそう混雑している。中東の大国、トラハルディアの宴を観に来た観光客で溢れかえっていた。

時間は正午だった。

時計を見上げ、青は背中や腹に痛みを覚える。殴り、蹴られたところがまだ疼くのだ。ろくに手当もしていない。

アズィールは、ちょうど儀式の最中にいるだろう。

もう何も感じないと思ったのに、青の心を、不意に熱い風が過ぎる。アズィールと過ごした数日間。

嫌い抜いたこの右目を、サファイアの瞳だと呼んだ彼の笑顔。一国の王太子となる青年が、自分を馬に乗せ、バザールを巡り、何度も何度も体に触れた。

眩暈《めまい》を感じるほど強烈な感覚に、ともすれば足を止めてしまいそうになったが、青はただ前を向き、飛行機が待機するゲートへと向かう。

「青‼」

最初は、その声は幻聴だと思ったので、青は振り返らなかった。

だが、二度目に名前を呼ばれたとき、それが紛れもなくアズィールの声だと気付き、青は足を止め、振り返った。

開け放たれた正面入り口から、コンバーチブルタイプの乗用車が猛スピードでフロアに突っ込んで来るのが見えた。ぶつかった案内板が派手にひしゃげ、人々は恐れ戦《おのの》いた表情で悲鳴を上げてフロアの隅へと駆け出す。

運転席でハンドルを握っているのはメルリアムだ。そして、車の後部座席に立ち上がり、前部シートに手をついて長身を支えているのは。

一瞬、青の脳裏は真っ白になった。

そんなはずはない。今日は彼の――――彼が主役となる立太子式のはずなのに。

「右に寄せろ！」

アズィールが怒鳴ると、傾きそうなほどの勢いで車が青の目の前に急停車した。

ずっと脳裏に思い浮かべていた、黒髪の青年。民族衣装を脱ぎ捨て、年齢に見合った、動きやすそうなシャツとボトムを身につけている。

「青……！」

王子という立場さえ脱ぎ捨てたアズィールは、必死の表情で青に向かって手を差し伸べる。青は呆然としたままその場に突っ立っていたが、あっという間に腰を引っ攫われ、後部座席へと連れ込まれる。青の傍にいた監視たちが身動き一つする暇もなかった。プロである彼らが反応することも出来ないほど、電光石火の出来事だったのだ。

「出せ！　メルリアム!!」

アズィールが耳元で怒鳴る。車は急発進した。

「アズィール……！」

「目は……!?　目は、どうなった」

ますますスピードを上げて空港を飛び出す車の後部座席で、青をかき抱き、手のひらで頬を挟むようにして上向かされる。真っ白な包帯で覆われた青の目を見、唇を噛み締める。まさに今、自分が目に刃を受けたかのように、その表情は苦渋に満ちていた。

「痛むだろう。……なんて馬鹿なことをしたんだ」

疾走する車は猛烈な風を受けている。それから守るように、息も出来ないほどの強さで狂おしく抱き締められる。

「アズィール……何でここにいるの？　立太子式があるんじゃなかったの」

「何でだと？　お前が姿を消したからだ！」

アズィールにきつく睨みつけられる。

「お前がこの傷付いた目で日本に帰ろうとしているのを、引き止めずにいられる訳がないだろう！」

「でも……アズィールは、今日、次の王様になるための儀式が……立太子式があるって……」

「お前が日本に帰ろうという今、立太子式に何ほどの価値がある！」

凄まじい勢いで怒鳴りつけられた。まさか、アズィール自身も感情の制御が出来ないらしい。

青はすっかり混乱していた。アズィールは次期国王になるための儀式を放置してここにやって来たのだろうか。ただ、青を追うためだけに。

「お前が俺の宮から突然姿を消してから、俺がどれだけお前を探して回ったか分かっているのか！　あんな乱暴を振るった俺の謝罪も言い訳も聞かず、庭に出たまま行方知れずになって、どれだけ俺が不安でいたか……！」

「立太子式は？　立太子式は、どうなったの？」

「主役の俺がいないのだから、取り止《や》めになっているはずだ」

「そんな……」

しかしアズィールは今はそれどころではない、とかぶりを振る。

「そんなことはどうでもいい。すぐに医者に行くぞ」

「医者？　どうして？」

「お前の怪我の手当のためだ。兄上のことだ、お前にこれほどの無茶をさせておいて、どうせ大した処置はしていないんだろう。この国一番の外科医を押さえてある。どんなことをしてでも、必ず元のように見えるようにしてやる。俺の目をくれてやってもいい」

それからまた、苦しそうな顔をして青を見遣った。

「青い目でなくてすまない」

「……俺の目が青くなくて困るのはアズィールじゃないの……？」

青は頼りない気持ちで、アズィールの顔を見上げた。

「俺の右目がないと、アズィールは王様になれないよ。俺はそれを知ってて自分の目を……。俺のことが憎くないの？」

「王位より、お前の笑顔の方が、今の俺にはずっと大事なんだ。お前がいないこの国の王者になったとて、何の意味がある」

そう言い切ったアズィールの口調には何の躊躇いもなかった。彼はありのままの本心を手渡そうとしてくれていた。

青はアズィールの胸にそっと手を添え、体を離した。

「青……？」

青が自分を拒否しているのだと思ったのか、アズィールは途方に暮れたような表情を見せた。青はその顔を見上げたまま、顔の片側を覆っていた包帯を解く。

右目が、猛烈に熱く感じた。

高ぶった感情――喜びに。

愛されているという幸福感に、青の瞳はこれ以上なく美しく、青い光を放った。

傷のない青の目を見、アズィールは目を見開いている。

「なぜ……⁉ 俺は、お前の右目が刃物で潰されたと聞いて、お前がどれほど痛い思いをしただろうかと……」

密《ひそ》かに忍ばせた密偵が、セフィルトの宮で、断ち切られたアンクレットを見つけ、目に酷い怪我を負った青が、監視に連れられて日本に帰るために空港へ向かっていることを調べ上げた。

兄弟は互いに密偵を送り、『青い宝石』を巡って争いを続けていた。情報戦においてアズィールに一日の長があったのは、有能なメルリアムが密偵たちの動きを取り仕切っていたからだ。

そして密偵からの報告を受け、何よりアズィールに衝撃を与えたのは、青が自ら剣を持って、自分の目に向けたという事実だった。

それほどの暴挙に走るほど、青を追い詰めたのかと、アズィールは自分がしたことを悔やんだと言う。

そしてアズィールはメルリアムが運転する車で、飛行場へと乗り込んで来た。立太子式のために着た衣装を打ち捨て、儀式のすべてを擲《なげう》って。

「刃物を振り下ろした途端、刃先が砕けたんだ」

そう、あのとき、あの牢獄で、信じ難い出来事が起きた。

セフィルトの前で、青は自分の右目を潰すために剣を振り上げた。

しかし、切っ先が青の瞳に触れる直前、剣が砕けた。まるで雷が落ちたかのような衝撃を受け、青は背後に倒れ込んで壁に体を打ち付けた。砕けた破片が青の右瞼《みぎまぶた》を傷付け、血が滴り落ちたが青は呆然としていた。セフィルトも同じような反応で、目を見開き、ただその場で衛兵と共に立ち尽くしていた。

青がセフィルトと共にいた場所は石造りの部屋で、どこからも雷など落ちて来るはずもない。強靭《きょうじん》な刃物が砕けるほどのエネルギーがどこで生まれ、どうして狙ったように刃物を打ったのか。

神の奇跡、という以外、説明のしようがない。

一瞬にして恐れをなしたのは、青よりもセフィルトの方だ。信心深さを演じていたこの第一王子も、奇跡を目の当たりにすれば、神の威光を恐れずにはいられなかった。

『青い宝石』に仇《あだ》なす者は、神から罰を受ける。地下牢の闇に青を葬ることも、『青い宝石』への侵害となるのかもしれない。神に見放されれば、自分の第一王子という立場も、命すらも危ぶまれる。

セフィルトは逡巡《しゅんじゅん》したようだが、それでも、彼は青をそのまま自由にすることはしなかった。永久にトラハルディアと、アズィールと関わりを持たぬよう青に誓わせた上で、青には常時トラハルディアの監視をつけることを厳重に言い渡し、日本に帰ることを許可した。

地下牢に幽閉されることはなくなったものの、もう永久に自由は望めないだろう。右目を潰すことも出来ない。それでも叶わない恋の痛手に耐えるよりはずっと楽だと思っていた。

それなのに。

「何でこんなこと……俺なんかいなくても、アズィールは大丈夫じゃないか……！」

「……何故そう思う？」

「俺は……っ」

感情が高ぶって、涙が零れる。

「俺なんかアズィールに似合わないよ。俺は、本当は欲しがってばっかりなんだ。アズィールのことをずっと嫌いだって、触らないでって言ってたくせに……、本当はもっと構って欲しかった。俺は、ずるくて汚いよ」

「それでも、その心が愛しいと言ったら？」

思いも寄らない言葉に、青は目を上げた。光り輝く青色に変色した瞳を、青を捕え、この国に連れて来た王子に晒していた。

「一国家の王子と言えど、俺はただ一人の、弱くて不完全な男に過ぎない。俺の肉体は国民に捧げる覚悟はもう出来ている。しかし、だからこそ心は一生寄り添うべき誰かを求めていた。その誰かがどこにいるのか何一つ手がかりはないから、ただ風の行方を追って――」

王子様は、晴れやかに微笑する。

「お前を見つけた」

風の行方――自分の直感が赴くままに、青のもとに辿り着いた。

誰もが畏怖《いふ》する青い目という印を持っていたからこそ、アズィールは青を見付け出すことが出来たのだ。

「ごめん……」

その言葉が、青の唇から零れ落ちた。

「ごめん、ごめんアズィール。俺は、俺が……怖くて」

見上げれば、涙で曇った視界で、アズィールが不思議そうに青を見下ろしている。

「アズィールに好かれてなんかないって分かって、ショックを、どうやってやり過ごしたらいいのか分からなくて。とにかくこの国から離れたいって……」

色んな言葉が胸を交差する。青は、自分のことしか考えてなかった。

花嫁と呼んで青を優しく抱きながら、結局は、アズィールは次期王位を得るための道具としてしか、見ていないのだと思った。

それをアズィールの裏切りだと思ったこと。

彼に恋をしていたことに気付いたのはその後のことで――傷心をどう癒《いや》していいか分からないまま、大切な『青い宝石』を傷付けたり、この国を去ろうとしたこと。

自分がいなくなって、アズィールがこんな行動に出るなんて考えもしなくて。彼の未来に、大変な瑕《きず》を作ってしまった。アズィールはこんなに綺麗な、光に満ちた王子様なのに。

「アズィール……」

青は俯き、アズィールの衣服の裾を摑んだ。

「俺をどこかに閉じ込めて。酷い、痛い罰をたくさん与えて。俺はアズィールの宮から出て行かない。他の誰に嫌われてもいい。アズィールにだけは、嫌われたくない」

青の声は、頼りなく、小さく小さくなっていく。

「傍に置いて下さい。……アズィール殿下」

「もういい」

腕を引かれ、彼の腕の中へと招かれる。悲しくも、痛くもないのに、青は右目が熱くなるのを感じる。

「もういいんだ、青。もしも国王になれなくとも、もう構わない」

この王子様は、青の瞳をサファイアのようだと言った。空の色だと。青は自分の右目がそんなにも美しいものだとはどうしても思えなかった。けれど、今は目を見開き、真っ直《す》ぐに恋しい人の瞳を見つめる。

今はこの瞳を厭わしいとは、少しも思わなかった。

この青い瞳があったからこそ、彼と出会えたのだから。

「お前がいれば、それでいい」

アズィールに、力任せに抱き締められる。青は抵抗しなかった。この温もりが、ずっと欲しかったからだ。

アズィールの肩越しに、青が乗る予定だった飛行機が、真っ白い機体を煌かせ、離陸するのが見えた。


「ずっと義母上《はは》と、兄上を見返したいと思っていた気がする」

大きなベッドの枕元で、青は膝を抱えて座り、アズィールは腹這いに横たわっている。手元の杯に注いだ酒を、時折舐める。

用意周到なメルリアムは、砂漠のオアシスにあるハリード家の別荘を整えてくれていた。

次期後継者が雲隠れして、今、王宮は大変な騒ぎのはずだ。立太子式を台無しにして、アズィールはその責任を問われるだろうし、『青い宝石』が粗末に扱われるはずもないが、どのように遇されるかはまだ分からない。

これから、途方も無い難題が二人を待ち構えている。だから、その前にひと時、二人で甘い時間を過ごして英気を養うといい――

そう言い残してメルリアムは先に王宮に戻った。事の次第を少しでもアズィールに有利なようにしておくためだ。この別荘を用意したのも、何も、アズィールを甘やかしているのではなく、王宮にはアズィール本人がいない方が混乱を治めやすいと判断したからだろう。きっと今頃、アズィールの立場回復のために、力を尽くしてくれているはずだ。毒舌家の彼に後でどんな皮肉を言われるかとアズィールは肩を竦めていたが、アズィールがメルリアムに全幅の信頼を置いていることも、どんな苦難も厭わないほど、メルリアムがアズィールの国王としての未来に期待していることも、青ももうとうに知っていた。

屋敷にはアズィールと青の二人だけで、衛兵も侍女もいなかったが、アズィールは居心地が良さそうだ。気に入りの酒を舐め、傍には薄い布地の夜着を着た青を置き、とても寛いだ顔をしている。

「義母上は兄上をとても可愛がっていらした。俺には散々な仕打ちをした鬼のような女だったが、兄上にはとても優しかった。兄上が王位につく日を今も心待ちにされているはずだ。母親とは、かくも深く子供を愛するものかととても憧《あこが》れた」

「……でも、アズィールは、この国の人たちにとても好かれてるよ？」

「統治者として国民から期待されるのも、尊敬を受けるのも、もちろん有り難く感謝すべきものだ。俺は自分の国王としての資質を疑ってはいない。だが、俺は何も持たない素のままの自分を愛されることに憧れを抱いていた」

「……その相手は、俺でいいの？」

青はぽつりと呟く。親に愛されない寂しさは青も充分に知っている。その寂しさは、どうすれば癒《いや》されるのかも知っている。自分が愛する人に、愛されることが一番の癒しだ。

アズィールの表情を伺うのが怖くて、ただ、自分の爪先《つまさき》だけを見ていた。

「俺なんかでいいの……？」

青はもう一度そう尋ねた。

「全部、偶然なんだよ。いくら偉い巫女様がお告げになったって言っても、俺はトラハルディアの未来に関係するような、そんな大変な存在じゃないと思う。俺はただの日本人で、たまたま、右目に特徴を持って生まれただけで……」

生まれてから十六年間、遠いトラハルディア王国のことを深く考えたことなど一度もなかった。

そんな自分が、予言の花嫁だとはとても思えない。

「俺は傲慢にも、自分には生まれつき王者の資質が備わっていると思っていた。だが、それは大変な思い上がりだった」

国王は、何の縁もない人々を心から慈しまなければならない。それこそが本当の国王に必要な資質だった。その気持ちを教えてくれたのはお前だ。お前は、痩《や》せっぽちで小さくて、少しも幸福そうじゃなかった。おまけに熱を出していて、弱り切っていた。

その上見知らぬ国に連れて来られ、不安と怯えに駆られていたはずなのに、しかし一匹の仔猫に無償の愛を注ぐ青の姿に、アズィールは気付いたのだ。

我欲のためでなく、何の見返りも求めず、国民のために心血を注ぐこと。それが出来る者だけに王者の資格があるのだと。

「でも、俺は……俺はそんな綺麗な存在じゃない。今まで、どんな言葉を投げつけられたか、どんな風に扱われたか、俺は二度と思い出したくないし、アズィールにも、知られたくない」

「それでも俺は、お前が欲しい」

アズィールの言葉に、一瞬心臓が止まりそうになる。

涙が溢れそうになるのを誤魔化すため、俯いて、心許なく自分の膝に触れてみる。だがその手を取られ、抱き寄せられる。

右の瞳に口付けられた。

「青い色合いを持つ宝石の中で、サファイアは最も高貴だ。輝きが強く、硬度が高く、稀《き》少《しょう》で美しい。だがその美しさを露《あら》わにするためには、何度も研磨されなければならない。時に途中でひびが入り、価値を失う石もある」

様々な苦悩に、青はそれでも耐え続けた。

俯きながらも、それでも懸命に生きてきた。だからこそ、最も美しいサファイアとして磨き上げられたのだ。そう言って、アズィールは青を抱き締める。

「……お前だけが欲しい」

息が止まるほどの熱烈な口付けを与えられる。大切な宝石を扱うように、ゆっくりとシーツの上に押し倒された。

青は熱っぽい気持ちでアズィールの背中に手を伸ばす。アンクレットはもう足首にないが、青はアズィールの恋の奴隷だ。

青は思った。

この人のためにすべてを捨てよう。

祖国も、過去も、もう自分には必要がない。いつか懐かしく思うときが来るかもしれないが、そのときも、自分はアズィールの傍にいるだろう。だから決して寂しくはないはずだ。

アズィールは情熱的な表情で、青を見下ろしている。その唇が、青のそれを塞いだ。

「ん……」

アズィールは青との密着を強くするように、シーツと青の体の間に強引に手を入れ、青をかき抱く。

青の舌の柔らかい場所を丁寧になぞり、口蓋《こうがい》を舐める。また、青の舌をからめとって彼の口腔へと招き、柔らかく吸う。

吐息を混じり合わせて、二人はまた見つめ合った。

「抱いてもいいか?」

アズィールにしては何の飾り気もない、率直な誘い文句を口にする。口説く余裕もない、それだけ彼が強く自分を求めているのだと気付いて、青は真っ赤になった。

小さく頷くと、アズィールは子供のように無邪気な笑顔で、青の額に口付けする。

「傷には障らないように気を付ける。今は初夜より大切に、お前を抱きたい」

そう言いながら、青の体をベッドに押し倒し、ゆっくりと衣装を解いていく。

「何度抱いても飽くことなどない。抱くたびにお前に溺れる。そういえば、サファイアは人を惑わせる魔性の石とも呼ばれているんだ」

「魔性の、石……」

「そう。美しいからこそ、人の心を摑んで放さない」

アズィールの口調は、夜の子供に御伽噺《おとぎばなし》をする優しさを孕《はら》んでいた。その唇も、指先もとても優しい。もういっそ、このまま眠り込んでしまいたいような安らぎを感じるが、けれど愛《いと》しい相手に深く触れていたい欲望も感じる。

蝶が薄い羽を広げるように、青は少しずつ生まれたままの姿を晒《さら》した。

「……ひどいな」

青を目の前で全裸にし、現れた生傷の酷さに、アズィールは眉根を寄せた。

瞼の傷は包帯で保護していたが、顔を殴られて口元が切れて変色しているし、腹部や太腿には青あざがいくつも浮かんでいる。腫《は》れ上がって充血している傷もいくつもある。剣を振るう前に、散々暴行を受けていたのだ。

「目の色が変わるほどじゃなかったよ。見た目ほどは痛くないんだ」

「そんなはずはない。ずっと身の周りが慌ただしくて、神経が高ぶっているから分からないんだ。安心した途端ひどく痛むぞ」

傷の方々に唇で優しく触れてくれる。

「もう二度と、誰にもお前を傷付けさせたりしない。この体も、心も」

そう言いながら、傷が早く治るおまじないをするように、口付けをする。

手首を取られ、大きく胸元を広げられて、臍《へそ》へのラインを添うように唇が滑った。そのまま、もっと下へと向かう。

青は思わず、体を捩らせた。

アズィールが慌てたように顔を上げる。

「すまない、痛むか？」

「ううん……」

アズィールの愛撫は例えようもなく優しかった。だが下腹部にそっとキスをされてまた息を呑む青に、アズィールは苦笑している。

「どうした？　何度もしてるだろう？」

「そうだけど……でも」

赤くなった顔を見られないよう、青は顔を背けた。

「は、恥ずかしいから……、なんか、アズィールが知らない人みたいに思えて……」

「何だ、それは」

青の心中はどきどきしっ放しだ。

彼への恋心を自覚した途端、こうして傍にいるのも、体を交わすのも初めてのような気がしてとても緊張するのだ。

「心臓が……どきどきして、破裂しそう」

「本当に、可愛い奴だ」

アズィールは笑うが、体中の関節が強張《こわば》ってしまっていて、上手くアズィールに反応できるかどうか、心許《こころもと》ない。

しかし、それはすべて青の杞憂だった。素裸で自分に触れる恋人の声も指先も唇も、すべては甘い毒のように魅惑的だ。

「怪我のことも、高鳴る心臓のことも、今は忘れてくれ――俺が忘れさせる」

「……………っ」

アズィールは青の瞳を見つめながら、そうっと愛撫を再開した。生傷や青痣《あざ》には花の蕾を解くようにこれ以上なく丁寧に、優しく触れる。その優しさだけで、傷なんてもうすぐに治ってしまいそうだと思う。

唇で首筋から鎖骨を辿り、平らな胸や、脇の辺りをくすぐられる。吐息が零れた途端、体中が恋人の熱を求めて過敏になるのが分かった。

周囲の淡い色の皮膚を丸くなぞられると、乳首が細かに震えながら固く尖った。小さいながらも快感を訴えるその先端をアズィールは口に含む。根元に軽く歯を立てられて、いっそうそれが尖るとざらりと舐め上げられ、青は思わず喉を仰け反らせた。

「アズィール……！」

唇で小さな尖りを愛撫しながら、右腕は青の腰を支えている。少しシーツから浮かせることで尻を上向かせて、両足は子供が用を足すかのように、大きく開かれた。

もう何一つ、隠し立てが出来ない。覚悟はしていたはずなのに、青はいっそう恥ずかしくなり、真っ赤になった顔を手の甲で隠す。

「や、だ……」

「……少し急くぞ。俺もあまり我慢がきかない」

胸から顔を離し、アズィールは羞恥に縮こまってしまっていた青の性器を指で触れた。唾液に濡れた唇がそこを飲み込む。

「ああ……」

温かい、ぬるついた感触に、体が戦慄《わなな》く。

先端の感じやすい、皮膚の薄い場所が、アズィールの口腔のざらついた場所と擦れる。さらにくびれの部分には舌を絡められ、舐められ、吸われる。性器だけでなく、足の付け根辺りまでが蕩けるような口淫だった。

「……アズィール、そんな……、ダメ……」

愛撫が濃密すぎる、という青の訴えには耳を貸さず、アズィールは口に青を含んだまま、手のひらでは絶え間なく根元を扱き上げる。アズィールの艶やかな黒髪が、自分の股間で蠢き、時折太腿の内側に触れる。

この国の宝ともいえる高貴な立場の人に、何ていう真似をさせているんだろう――

一瞬の背徳感は、しかし青をいっそう快感の極みへと追い詰めた。

「ひ、……ああ……！　もう、ダメ、いく……！」

しゃくり上げながら、がくがくと腰を震わせて、青は限界をアズィールに知らせた。しかし、アズィールは唇を離してくれない。

このまま射精しろ、と促しているのだ。

「そんな……！　イヤっ、イヤ！」

何度かそうはさせられているが、アズィールのことが自分以上に大切に思える今、どうしても彼を汚してしまいたくないと思う。

アズィールの頭部を股間から引き離そうとするのに、じゅっと大きな音が立つほど先端の窪みに溜まった先走りを吸われ、青は目を見開いた。

「ああ……っ！」

もうアンクレットのない足首が頼りなく空をかき、痙攣する。絶頂は強烈な衝撃を伴ってスパークした。

アズィールの愛撫を中断させようとした罰を与えるかのように、アズィールは強烈なフェラチオを施し続ける。青は花びらを散らしたシーツの上で、快感にのた打ち回った。青が極めるその度に、青の白蜜をアズィールは飲み下してしまう。射精してまだ腰が細かに痙攣しているのに、先端をちゅう、と音を立てて吸い上げられた。

「や！　ダメ、まだイってるから……」

射精の間に愛撫を重ねられるとつらい、という青の弱音に、アズィールは悪戯っぽく笑った。

「まだ、残ってるだろう？　お前の全部が欲しい」

「……だめ、もう、つらいから……、ここはもうしないで、おねがい……」

青は涙を零して弱音を吐くが、アズィールは許してはくれない。

青が想像していたよりも、もっともっと、彼の愛情は強烈で獰猛《どうもう》だった。彼自身にすら制御し難いほどに。

「解放してやりたいのも本当だが、もう少しお前を愛したい。決して傷つけたり痛い思いはさせない。許してくれ」

そう言って、アズィールを受け入れるための蕾を指の腹で撫で上げられた。

「……っん……！」

「心配するな。もうこんなに柔らかくなってる」

アズィールが言う通り、青のそこは指の腹で探られて、くちゅ、といやらしい水音を漏らす。

オイルもジェルも、何も使っていない。それなのに、そこは内側から解けているかのように蕩けている。果てのないような口淫を受け、アズィールの唾液や青の先走りをしっかりと蓄えてしまっていたのだ。

「……ああん……！」

アズィールの節の高い、真っ直ぐで長い指が、青の中にゆっくりと入り込む。フェラチオを受けている間、それを欲しがっていた青の器官は、いっそアズィールを蕩かしてしまいそうなほどに蠕動《ぜんどう》して彼の指を奥へと誘い込む。

「すごいな、こんなにも腰を揺らして、俺を奥まで呑み込んで」

「いわないで……っ」

イヤ、と首を振る青を、アズィールはもっと乱れさせようとする。

青の呼吸に応じた巧みなリズムで、彼は青の内部をかき回した。絶え間なく押し寄せる疼きに青は腰を捩らせる。

「やっ！　あ！　……あっ！」

アズィールの手の動きに合わせ、青は汗を飛び散らせて切ない声を上げる。

それがだんだん切羽詰まったものになるのは、青が次の欲望に囚われているからだ。ただ与えられ、鳴かされるばかりではなく、同時にアズィールも気持ち良くなって欲しい。

同じ快感に溺れたい。

「アズィール、おねがい、おねが……、も…」

「どうした？　つらいのか？」

「ん、んんっ」

指を増やされ、アズィールの問い掛けに答えられないでいると、青が最も弱く、感じやすい凝りを何度も何度も指の腹で甘く引っ掻かれた。

「あ――――――っ!!」

あまりにも強い刺激に、青は青と黒の瞳をいっぱいに見開き、嬌声を上げる。

「……あああぁっ！　ダメ、また……いっちゃうから……、ダメ……――」

「いけよ。我慢することは何もない」

「ちがう……っ、ん、きもちい、気持ちいいから………っ」

折った自分の指を噛み、青ははあ、はあ、と荒い息をつく。

「おねがい、アズィール、俺は……、ゆ、ゆびだけじゃなくて……」

もちろん、彼の指だって大好きだけれど。

直截な言葉にするのはとても恥ずかしかったから、青は熱っぽい指先を、愛しい王子の黒髪に差し入れる。彼の胸元に、汗ばんだ額を寄せた。

「俺は、もうアズィールが……、ほしいよ……」

たどたどしいほど幼い、青のその言葉を聞いて、アズィールが大きく息を呑むのが分かった。そのまま、じっと青を見下ろしている。

青は不思議に思って、アズィールを見上げた。

「アズィール……?」

「お前が、そうやって目を青く染め、俺を求める幸福が強烈すぎて、一瞬言葉を忘れた」

そうして自嘲《じちょう》すると、青の膝に手をかける。さっきまでアズィールが弄んでいた場所に、灼熱の気配が迫っている。

青は堪らなく嬉しかった。自分から誘った行為に、アズィールが歓喜してくれている。青が欲しいと心から言ってくれている。

何故だろう。

少しも悲しくないのに、ただ幸福なのに。涙がこみ上げそうになって、青は目を閉じた。

アズィールは青の意図を理解しているかのように、睫毛に啄《ついば》むようにキスをする。時々、唇に。

児戯《じぎ》のような口づけで青を笑わせておき、それからもう一度、黒い瞳が青を見おろす。一呼吸置いて、アズィールはゆっくりと青に己を受け入れさせた。

「…………！」

そこはアズィールを押し包むようにして呑み込む。最初こそ、息をするのも難しいほどの圧迫感を感じた。体を有り得ない方向に開かれて、太腿の内側が引き攣《つ》れるのを感じる。しかし、それも束《つか》の間だった。

「ん、ん……」

アズィールが腰を使う度に、彼の汗が滴り落ちて来て、アズィールも青と同じようにこの行為に夢中でいるのだと分かると、歓喜が胸を満たす。

「あ……ん、ん、いい……」

体を重ね合い、ゆっくりと官能に溺れていく。蕾の内部を擦り上げられ、甘い声を漏らすと、濡れた唇にはまたキスがもらえる。

絶頂を目指すばかりではなく、お互いの体を味わい、慈しみ合うような、幸福な交わりだった。

果てがなければいいのに——ずっとこうしていたい。

汗ばんだ肌から、大好きな王子様と一つになれるような、そんな幻覚に囚われる。

「や……っ、あああ……！　あああん……」

青は大きく背中を仰け反らせる。肺や気管が開いて、自分の声とは思えないほどの甘い、大きな声が唇から迸り出た。

「アズィール……、どうしよう、すごく……」

いい、と堪らず呟き、青は自らもアズィールを求めて腰をすり合わせた。羞恥を忘れて欲しがる仕草はアズィールをいたく刺激し、彼の体温を一気に高める。

「すごく、………愛してる……」

拙いながらも一生懸命に、青はその言葉を口にした。

「青、もう一度、俺の名を呼んでくれ」

「好き、好き……アズィール……！」

アズィールの呼吸が、律動が早くなる。二人とも最早言葉はなく、一緒に極まりたいという欲望に駆られていた。肩をしっかりと抱き込まれ、逞しい腰を打ちつけられる度に、青は抑え切れない声を上げ続けた。

花の香りの中、絶頂が近付き、青は衝撃に耐えるように、きつくシーツを摑む。

「アズィール……、あぁ………！」

アズィールが息を詰め、青を力強くかき抱いた。

「……青」

「――ああ……！」

解放されたその瞬間、見開いた青の青い右目は窓の外の切れそうに細い弓月を映した。この国では月は邪神とされている。それでも、アズィールの腕の中、青は祈る。

最愛の恋人の幸福を。いずれきっと、彼が治めることになるこの国の安寧を。

そして願わくば、この青い瞳に、死ぬまで彼を映していられるように。

その後、老巫女の取り計らいにより、立太子式が正式に執り行われることになった。

別荘にアズィールと青を置き、メルリアムは王宮には戻らなかった。単身西の魔女たちのもとへ駆けつけ、アズィールの再びの立太子式について助力をもらえるよう手を打っていたのだ。

自分の立太子式を前に行方をくらませたアズィールの罪は確かに重い。国王を、王宮を、国民たちを混乱させ、心配させた罪は簡単には償いきれるものではない。

だからこそ、アズィールは次の国王となるべきだ。罪を償うべく、国のために、国の奴隷として一生尽くすべきだ。

何より、『青い宝石』はアズィールのもとを決して離れるまい。青とは大神のおわします空の色。それを頂くアズィールをおいて、次期国王に相応しい者があるだろうか。万一アズィールを廃嫡するならば、『青い宝石』はアズィールと共にすることを選ぶであろう。

それはこの国が神を失うことに他ならない。

外見は異国人であるところの彼がこの国の未来を憂う様子には尋常ならざる説得力があった。

後にこの国の宰相となるメルリアムの説得は、そうして西の魔女たちの心を動かしたのだ。

次期国王としてアズィールの公務は多忙なものとなったが、青はその花嫁として、彼の宮で穏やかに日々を過ごしている。

「青」という名の、幸福な仔猫を抱いて。

終

サファイアと灼熱の嫉妬

一カ月ぶりの母国には相変わらず灼熱《しゃくねつ》のような日差しが降り注いでいた。

その日の午後、メルリアムは大きな荷物を携えて皇太子殿のあずま屋に向かった。花の香りに満ちた風が吹き込むその場所で、きれいに包装された土産《みやげ》を一つ一つ取り出し、麻で織られた鮮やかな色合いの絨毯《じゅうたん》の上へと並べる。

「これがダーツ。見たことはあるかい？」

「日本で何度か。でも、やったことはありません。針がついたこの羽根を投げるんですよね」

メルリアムのすぐ傍《そば》に座り込み、美しく育った真っ白な愛猫《あいびょう》を膝《ひざ》に置いて、青はすっかりはしゃいだ様子だ。

「そう。百年戦争の時代に、酒場に集まった兵士たちが始めたらしい。矢を射る訓練の意味もあったんだろうね。で、こっちはパズルだ。あるだけ全部買ってみた。俺もやってみたんだけど、けっこう難しくて――」

「何だ、賑《にぎ》やかだと思ったら帰っていたのか」

顔を上げると、アズィールが部屋に入って来た。連れていた衛兵たちを目で下がらせる。公務用の白い衣装を纏《まと》い、その居住まいにはすでに王者の風格を感じさせる。

イル＝アズィール・ユシュト・トラハルディア。メルリアムが仕えるこの国の皇太子と顔を合わせるのは一カ月ぶりだ。メルリアムは、このひと月、母の母国であるイギリスで休暇を取っていたのだ。

「長らく休暇をいただき、感謝致します、皇太子殿下。無事に帰国致しました」

「ああ、元気そうで何よりだ。母上や姉妹方はご息災だったか？」

「問題なく過ごしておりました。相変わらず姦《かしま》しくて騒々しくて、一カ月と言わず一週間で帰って来ようかと思ったくらいだ」

メルリアムには六人の姉妹がいる。男子として生まれたのはメルリアム一人だけで、父の故郷であるこの国に貴族・ハリード家の後継ぎとして残ったのだ。

一年に一度の長期休暇は母の元へ帰ると決めている。しかし、女が三人いても姦しいというのにその倍いる姉妹たちの賑やかさには毎年ぐったりとしてしまう。この王宮で次期国王の補佐役として慌ただしくしている方が遥《はる》かに楽だ。

「で？　俺に顔を見せるより先に、俺の宮へ来て俺の妃《きさき》と戯れているのはどういう訳だ」

アズィールはちらりと絨毯の上の恋人を見た。次期国王から恋人を奪うような恐ろしい真似《ま》《ね》はしないと言わなくとも分かりそうなものなのだが。メルリアムは肩を竦《すく》め、答える。

「お前は昼下がりまで他国との折衝だと聞いていたんでね。先にこちらへ来た次第。頼まれていたものを早く渡したかったんだ」

「頼まれていたもの？」

アズィールが怪訝《けげん》な顔をすると、パズルを弄《いじ》っていた青《あお》が勢い良く顔を上げた。

「俺が、メルにイギリスのゲームやおもちゃが欲しいって頼んだんだ」

メルリアムさえ思わず見惚《みと》れるような、楽しげな笑顔を浮かべ、青が言った。

「この宮にいても時間を潰《つぶ》せるように。俺は海外旅行ってしたことがないから、外国のものって何でも珍しいし」

「そうは言っても、君は旅行じゃ済まないくらい長い間この国にいるじゃないか」

メルリアムがからかってみると、そういえばそうかも、と青ははにかんで見せる。

初めて会った頃の青は、たった一匹街中に捨てられた仔猫のようだった。痩《や》せっぽっちで瞳《ひとみ》に悲しみや寂《さび》しさしか映したことのないまま、他人に怯《おび》え、誰にも傷つけられまいと精一杯に虚勢を張っていた。

アズィールが青をこの国に連れ帰った理由は、その不思議な瞳を手に入れるためなのだろうとメルリアムは当初は思っていた。兄を打ち負かし、この国の皇太子になることは幼い頃からのアズィールの悲願だと、メルリアムはよく知っていたからだ。

無事に行われた立太子式を経て、皇太子にはなったものの、アズィールは未《いま》だ国王の地位についた訳ではなく、兄のセフィルト王子が何を考えているかは分からない。アズィールの地位は決して安泰とは言えない。けれどアズィールは以前よりずっと幸福そうに、満ち足りて見える。

「アズィール、知ってた？　イギリスじゃ、警察官が馬に乗ってるんだって！　それで、逃げた犯人を追いかけたりするんだって！　さっきメルにイギリスの話をたくさん聞いたんだ」

「ふうん」

「知ってた？　知らなかった？」

アズィールは青の傍らのソファに座ると、ブルーの首ねっこを摘《つ》まんで取り上げ、自分の膝《ひざ》へと移す。猫をあやす仕草で不機嫌を隠しているのだ。

「それくらい、知ってる。この国にだって馬なんかいくらでもいるぞ。騎馬兵くらい、今すぐにでも隊列を組ませてお前に見せてやる」

「兵隊じゃなくて、警察官が乗ってるっていうのが面白くない？　日本は自動車かバイクだもん。アズィールは見たことあるの？」

「ある。ロンドンで見た」

「アズィール、イギリスに行ったことあるの⁉」

「お前は、俺を何だと思ってるんだ。一国の王子だぞ。世界で訪れたことのない国の方が俺には少ないんだ」

「ほんと⁉　ほんとに⁉　アズィールってすごいね‼」

手放しに褒める青に、皇太子がイライラと体温を上げるのが分かった。

アズィールが「すごい」ことなど、この国の誰もが知っている。知らないのは青だけだ。アズィールが一番「すごい」、と思って欲しいたった一人がアズィールの地位や立場を理解出来ないでいる。この皮肉を受け流すには、アズィールは若過ぎたし、青を思い過ぎている。

男とは、恋人の前では見栄を張りたいものなのだ。

膝の上で喉を鳴らしていたブルーをぽんとメルリアムに投げて寄越すと、青をいきなり肩に担ぎ上げる。

「わ、わ⁉」

「ブルーの面倒は任せたぞ、メル」

それだけ言い捨てて、あずま屋を出ると大股《おおまた》に寝室へ向かった。


青を寝室のベッドに投げ下ろし、アズィールは一息に怒鳴った。

「お前は、俺といるのがそんなにつまらないのか⁉」

「……何？　どうして怒ってるの？」

シーツの上から投げかけられるきょとんとした瞳の愛らしさが、今は憎たらしいとアズィールは思う。美しい宝石や豪奢《ごうしゃ》な衣装、美味美食、アズィールが与えるものには滅多《めった》に興味も示さないくせに。

苛立《いらだ》ちはいっそう激しくなり、下履きを履いたままベッドに上がり、青に詰め寄った。

「俺と二人なのがつまらないんだろう！　里帰りの土産話にあんなに楽しそうにして……毎

由退屈だから、だからメルにあんなに玩具《がんぐ》を持って来させたんだろう⁉」

「何それ、違うよ、そんなの……」

青はアズィールの剣幕に怯えるよりはただ驚いているようだ。

「それは、外国の話を聞くのは楽しかったけど、おもちゃは暇潰しとかじゃなくて――」

「だったら何だ。何のためにあんな玩具が必要なんだ。そんなに俺の傍にいるのが嫌なら、メルとイギリスに行けば良かったんだ！」

そんなことは、絶対に許せるはずがない。たとえ腹心の友であろうとも、他の男を青と二人にするのは嫌だ。いったいどうして、思ってもいない言葉を青にはぶつけてしまうのか。心血を注ぐ公務の際にすら、これほど頭に血が上ることはないのに。

理不尽だと思う。

望んだ国王の地位には一歩一歩確実に近付いているはずなのに、この無邪気な恋人はそんなことには何の価値も認めていない。いったいどうすれば、青がアズィールの立場を認めてくれるのか、自分にもっともっとたくさんの笑顔を見せてくれるのか分からない。

「お前はだいたい、メルに笑顔を見せ過ぎる。外国の話くらい俺がしてやるし、玩具が欲しいなら俺が国中のものをこの部屋いっぱいに集めてやる」

「違うってば！　おもちゃが欲しかったんじゃなくて、俺はただ、アズィールがつまらないんじゃないかって」

「俺が？」

アズィールが尋ねると、青は必死の様子で顔を上げた。

「アズィールは仕事が終わった後、この宮で俺とずっと二人でいてくれるけど、それだけじゃないか。俺はアズィールと一緒にいても、面白いことを言えるわけじゃないし、メルみたいに仕事のサポートが出来るわけじゃないし……でも、俺といてちょっとでも、楽しいって思って欲しいから」

その右目が薄っすらと青く光を増すのをアズィールは見た。青自身より遥かに雄弁なその美しい煌《きら》めきは、青がどれくらい懸命にアズィールとの関係を考えているかを物語っている。

「だから、この国でも日本でもない、イギリスの遊びだったら二人とも一から始められるからいいかなって。それでメルに何か買って来てってお願いしたんだ」

アズィールも青もよく知らないイギリス生まれの玩具やゲームなら、二人で一から始めることが出来る。同じ立場で二人で楽しめる。

それだけのつもりだったというのだ。

「つまらないのは、俺だよ。アズィールがどうすれば喜んでくるのか全然分からない」

口下手《くちべた》なりに、青が必死に言い募る。どうやら自分たちはまったく同じ悩みを抱えているらしいと気付いて、アズィールはふと苦笑した。

「……馬鹿《ばか》な奴だ」

馬鹿、というと、青はむうっと唇を尖《とが》らせる。小さな後頭部を包み込むようにして髪に手を差し入れると、その柔らかさと滑《なめ》らかさに陶然となる。何度も夜を一緒に過ごしたのに、アズィールはこの感触に少しも飽きることがない。

何も出来ないと青は言うが、何も出来ないくせに生身の自分だけでこんなにもアズィールの心を縛り付ける。

もう、理屈ではないのだ。

その青い秘密を宿す瞳から逃れられないのは青ではなく、きっとアズィールなのだ。

「退屈を感じるなら、俺はすぐさま世界中の面白おかしい手合いを集めることが出来る。だが俺はそれを望んでいない。公務が終わった後は、お前と二人がいい」

まだ陽《ひ》が高く、空には太陽神がおられる。アズィールは青の額《ひたい》に口付けて、その瞳を覗《のぞ》き込む。

「俺は、お前が傍にいてくれさえすればそれでいいんだ。公務から帰ってお前の顔を見、些《さ》細《さい》な言葉を一言二言交わすだけで満ち足りる。恋人とはそういう存在だ」

王子でも皇太子でも、その心を幸福で満たしてくれるのは地位でも物でもない。愛する人間の存在だ。

「それから、お前の夜伽《よとぎ》があればもっと嬉《うれ》しい」

「……そ………、それは」

ごにょごにょと口籠《くちごも》りながらも、青はそれも頑張ってみる……、と呟《つぶや》く。

親友が長い休暇から帰った今日の夜くらいは、青とメルリアムと、夜通し三人でゲームやカードで遊んでみてもいいかもしれない。

何よりも愛《いと》しく大切な恋人は、ずっとアズィールの傍にいるのだから。

終

あとがき

こんにちは、雪代鞠絵です。この度は「サファイアは灼熱に濡れて」をお手に取っていただきありがとうございました。

傷付いた心の主人公を救うのは実は一番傍にいたあの人だった！　というパターンが大好きな私ですが、今回は地球の裏側からやって来た王子様です。王様より王子様が好きです。最高権力者ではない分わりと自由奔放に出来るけど、でも恋愛は制約が多くて様々な葛藤が…とか！　あちらの王族には男性も宝石じゃらじゃらつけたり、派手やかな衣装を着ている（勝手な）イメージがあって、あれこれ妄想が楽しいです。

煌びやかな外国のお話とは裏腹に、地味極まりない生活を送っております。こんにゃくと牛すじの味噌煮込みとか、冬瓜と海老の煮物が上手く出来たことが最近一番の喜びなのであります！　あと、何気なく曲がった田舎の小道に野菜の無人販売が。すご～い！　こんなに立派な大根が三本でたったの百円なんて…なんという価格破壊や！

整理整頓も昔ほど苦手ではなくなって、短い休みの間に海外旅行するよりも、毎日過ごす部屋の居心地を整えるのが好きになって来ました。

シーツやらベッドカバーやら、ベッドの周りも本気で調えると一財食いつぶしますわ。でも食べる・寝るは人間の基本ですからね！　大事ですよね！

ＢＬ本のあとがきというより、「健康おたくの独り言」みたいになってきましたが。

巻末のショートストーリーはその後の彼らを書いてみました。王子様って仕事終わって家に帰ったら何してるんですかね？　漫画とか読んだりしないの？　ソーシャルゲームとかネットで遊んだりとかは？　とかアホなことを考えながら書いてみました。ソーシャルゲームやらせたら意外と青が一番強そうです。セフィルトのお話でもいいかなと思いましたが、プライベートがあんまり想像できなかったのでやめました。ゲームはしそうにない（笑）。

ところで、担当さんは猫派なのだそうです。チワワを飼っている私は犬派です。でも猫を膝に載せて仕事をする生活にも憧れるなあ。小型犬はわりと猫っぽいところもあるんですが、あんまり大人しくしてくれません。

猫派のサマミヤアカザ先生、素敵なイラストをありがとうございます！　主役カップルも美しいですが、ブルーめちゃんこ可愛いです。いつもお忙しくされていて、いったいいつお休みされているのか未だによく分からない担当様もお疲れ様です。

そして、この本を読んで下さった皆様に最大の感謝を。これからもどうぞよろしくお願い致します。

雪代鞠絵

✦初出　サファイアは灼熱に濡れて…………ショコラノベルズ・ハイパー
「サファイアは灼熱に濡れて」
(2007年8月)
※単行本収録にあたり加筆修正しました。
サファイアと灼熱の嫉妬……………書き下ろし

雪代鞠絵先生、サマミヤアカザ先生へのお便り、本作品に関するご意見、ご感想などは
〒151-0051 東京都渋谷区千駄ヶ谷 4-9-7
幻冬舎コミックス　ルチル文庫「サファイアは灼熱に濡れて」係まで。

幻冬舎ルチル文庫

サファイアは灼熱に濡れて

2015年9月20日　　第1刷発行

✦著者	雪代鞠絵　ゆきしろ まりえ
✦発行人	石原正康
✦発行元	株式会社 幻冬舎コミックス 〒151-0051 東京都渋谷区千駄ヶ谷 4-9-7 電話 03(5411)6431［編集］
✦発売元	株式会社 幻冬舎 〒151-0051 東京都渋谷区千駄ヶ谷 4-9-7 電話 03(5411)6222［営業］ 振替 00120-8-767643
✦印刷・製本所	中央精版印刷株式会社

✦検印廃止

ISBN978-4-344-83535-1　C0193　Printed in Japan